その瞳《め》が僕をダメにする

神奈木 智

幻冬舎ルチル文庫

CONTENTS ✦目次✦

その瞳が僕をダメにする

その瞳《め》が僕をダメにする …… 5
その瞳《め》に僕は夢をみる …… 193
あとがき …… 213

✦カバーデザイン＝Chiaki-k（コガモデザイン）
✦ブックデザイン＝まるか工房

イラスト・榊 空也✦

その瞳《め》が僕をダメにする

1

「じゃあ、これ。最後に、私からの気持ちよ」

手入れの行き届いた爪《つめ》が、晃一《こういち》の前に白い封筒をスッと差し出す。

メタリックブラウンに彩られた指先に、彼は心の中で（ＲＵＭＩＫＯの26番）と呟《つぶや》いた。ＮＹで活躍する日本人メイクアップアーティストが展開している、最先端のブランドだ。意思のはっきりした濃い色味は、勝ち気な彼女の美貌《びぼう》によく似合っていた。

「嫌ね、何をジロジロ見ているのよ」

「……いや、綺麗《きれい》にしているな、と思って」

晃一の言葉に気を良くしたのか、彼女はテーブルの上でこれみよがしに指を組んだ。カフェの照明に反射して、爪が小さな星のように煌《きら》めく。だが、すぐに自分の行為に空《むな》しさを覚えたのか、理知的なベージュに染めた唇から「ふう……」と溜《た》め息《いき》を漏らした。

「私も褒めてあげる。あなた、評判ほど悪党じゃなかった。楽しかったわ」

「俺、付き合った女性は大事にするから」

「金ヅルの女は……じゃないの？」

意地悪な口を利いてちらりとこちらを見上げてきたが、晃一は平然と微笑《ほほえ》み返す。どんなに固い女性のガードも一発で蕩《とろ》かせる、非の打ちどころのない笑顔だった。成長過程にある少年の不安定さと初々《ういうい》しい男臭さが同居した、早摘《はやづ》みの果実のような香りがある。

（……って、真顔で言われた時にはドン引きしたんだけど）

目の前の彼女ではない。過去に、そんな喩《たと》えをした女性がいたのだ。

すでに名前と顔も一致しないが、言葉の選び方がいちいちナルシシズムに溢《あふ》れていて、珍しく晃一の方から先に別れを切り出した。

「そうやって、笑うんだ」

愚にもつかない追憶に浸っていたら、彼女は少し悔しそうな顔をした。

もう晃一が自分のものではないと、その微笑でわかったからだろう。

最初から「お金さえ持っていれば、誰でも付き合える男の子」「連れ歩くには、ちょうどいいルックス」という噂《うわさ》を聞いて興味本位に付き合ったようなものだ。だから、長く続けられるとは思っていなかった、と彼女は言った。

だが、いざ別れの場面となるとやはり冷静には割り切れないのだろう。歩道に面した人目の多いカフェテリアで会ったのも、別れ話に取り乱したりしないようにとのプライドからに違いない。たとえ、それが自分から言い出したことであったとしても。そう、くり返すが晃一は自分から滅多《めった》に相手を切ったりしない。

「あ、ごめん。もうバイトの時間だ」

封筒を無雑作に突っ返して、晃一は無情にも立ち上がった。

これ以上長居するのはまずいと、未練がましい彼女の瞳《ひとみ》から察したのだ。脱いでいた制服のブレザーに腕を通し、彼女との最初のデートでプレゼントされた革のハーフコートを羽織ると、すっかり高校生の顔になって言った。

「今まで、どうもありがとう」

「何よ、封筒持っていきなさいよ。最後だけ遠慮するなんて、おかしいじゃないの」

「……現金なんか、貰《もら》えるわけないだろ。厚みからみて、けっこうな大金だし」

「今更、何を純情ぶっているんだか。私たち、そういうお付き合いだったでしょ？」

「…………」

困ったな、と眉根《まゆね》を寄せ、どう切り抜けようかと考える。

確かに、「そういうお付き合い」だった。それは認める。いろんな物を貰ったし、デートでお金を出すのも全て彼女だった。でも、現金は違う。何が違うの、と言われると返答に困るが、現金を受け取るのとプレゼントを受け取るのでは、やっぱり全然違う気がする。

「……ごめん。上手《うま》く言えないな」

仕方なく、正直にそう答えた。

お金を受け取った方が、きっと彼女の中で踏ん切りがつくだろう。ほら、やっぱりそういう男だった。割り切った付き合いなんだから、傷つく価値もない。そう信じることができれば後腐れがなく、多分すっぱりと縁が切れる。

だったら、最後に下種《げす》な男を演じることがお互いのためなのか。一瞬そんな迷いが生じたが、それでも再び封筒に手を伸ばすことはできなかった。

「いいわ、わかったわよ。足りないってわけね」

「え……」

「晃一、今まで付き合った相手にも、ずいぶんお金を貢いでもらっていたんでしょう。いいのよ、そういう男の子だって知っていたから。私、軽蔑《けいべつ》なんかしないし」

「…………」

「もう行きなさいよ。バイトの時間なんでしょ」

まるで犬でも追い払うように、彼女はしっしっ、と右手で払う。どうやら怒っているようだ。けれど、内心（助かった）と思った。晃一は学生鞄を取り上げ、「今までありがとう」ともう一度言ってみる。それは本心だったので、口にするのは苦ではなかった。

「どういたしまして。しっかり働いて」

「うん」

嫌みにも動じず明るく頷《うなず》くと、さっと伝票を摑《つか》む。

奪い返そうとする彼女を遮り、「今日、バイト代出る日だからさ」と愛想良く答えた。

恵まれた容姿を武器に都築《つづき》晃一が付き合った女性は、この一年だけで七人になる。

しかも、ほとんどが彼の『良からぬ噂』を承知で近づいてくる女性ばかりなので、自然と年上が多くなっていた。今日別れたばかりの『RUMIKOの26番』だって、見かけは若いがアラサーだ。そんな調子だから一部の人間から「女に貢がせている」とか「食い物にしている」と陰口を叩《たた》かれたりもするが、あまり気にしなかった。

純粋に恋愛を楽しむつもりなら、金の力を借りる必要などないと思う。

晃一の本音は、掛け値なしにそれだ。

それなのに、女性たちはこぞって晃一に金を使いたがった。

強制したことは一度もないし、自らねだるような真似《まね》は絶対にしていない。だが、真面目《まじめ》に遠慮したり何も受け取らないと彼女たちの中で不安が募るようなのだ。

『同年代の可愛い子だっていっぱいいるのに、何で年上の私と付き合っているの』

ほとんどの女性がそう言って、不安を金で埋めようと躍起になる。晃一も最初の頃はいちいち断っていたが、逆効果なのだと気が付いてからは笑って「ありがとう」と言うようになった。下手《へた》に拗《こじ》らせて面倒になるのを避けたかったし、金で繋《つな》ぎ止めようとする彼女たちの心情に辟易《へきえき》していたせいもある。

（〝付き合わない？〟って言われて、好みのタイプだし嫌いじゃないから〝いいよ〟って答えただけなのに、いつも同じ展開になっちゃうんだよな）

封筒に収められた紙幣の厚みを思い出し、晃一はウンザリ気味に嘆息する。

でも、本当は何となく気づいていた。

彼女たちは、晃一が本気じゃないと知っているのだ。心の底から愛されていない、無我夢中で欲しがられていない。ただ居心地がいいから、何となく付き合っているだけ。そんな気持ちを敏感に嗅《か》ぎ取っているから、傷つかないために言い訳として金を使う。

おまけに、世の中には気前のいい女性が多いようだ。別れ際になると必ずまとまった額を渡してくるのは、今日に始まったことではなかった。まるで晃一の過去の女性と張り合ってでもいるかのように、それは不毛な恒例行事となっている。

（そんで、突っ返すたびに恨み言だもんな。俺のこと、そんな守銭奴に見てるのかよ）

ふっとビルのネオン広告が視界に入り、間もなく午後の四時だとわかる。まずい、と晃一は慌てて駆け出した。別れ話には少々早すぎる時間だったが、今日はシフトに入っていたのでバイトの前に約束していたのだ。

（やばい、やばいよ、給料日に遅刻は……っ）

先刻までの冷めきった態度はどこへやら、晃一は一目散に走り始めた。

「おはようございます、若林《わかばやし》さん！」

店に駆け込んだ晃一は、レジにいた美容師へ息せき切って声をかける。

若林隆司《りゅうじ》は、二十八歳の若手ヘアスタイリストとして人気沸騰中だ。晃一の兄の親友でもあったので、ここのバイトも彼の口利きで入れてもらった。こういうコネでもなければ、アシスタントでもない晃一が雇ってもらえるような店ではない。

「……若林さん？」

予約客のチェックをしていた若林は、ふと顔を上げると無言で肩をすくめてみせた。ロッカールームへ行きかけた足を止め、どうしたんだろうと怪訝《けげん》に思う。

「今日は暗いなぁ。何かあったんですか？」

「晃一ぃ……。おまえ、うちの客に手を出したのか？」

「え、まさか」

「佐倉《さくら》さん、カットの予約キャンセルしてきたぞ」

「……マジですか？」

びっくりして問い返すと、呆《あき》れたようにねめつけられた。

「あのな、おまえはまだ高校生だろうが。頼むから、店では普通に勤労学生してくれよ。佐倉さん、おとなしくていいお客さんだったのに」

「ちょ、ちょっと待ってくださいよ。俺、何も……」

「客には悪さをするなとあれほど……」

「悪さなんて、何もしてないですって！」

佐倉って誰だっけ、と頭で考えながら、晃一は懸命に否定した。今まで関わった女性は皆去り際を心得ていて、後にしこりを残すような真似はほとんどしなかった。そういう意味からも、これは例外的なケースと言える。

だが、そもそも晃一には「佐倉」という店のお客と付き合った記憶がなかった。

（まいったなぁ……）

無実を証明したくても、今の若林に説明しても信じてくれなさそうだ。

晃一は「佐倉」の面影を追求するのを諦《あきら》め、まだ何か言いたそうな若林の前でとにかく素直に項垂《うなだ》れてみせることにした。

「すみませんでした……ご迷惑かけて」

「まぁ、いっけど」

溜め息混じりに彼は呟き、パタンと予約のファイルを閉じる。

お得意を一人減らしたとはいえ、晃一がこの店で雑用兼清掃のバイトに入ってから確実に女性客は増えていた。その貢献度を考えたら、やはり無下には扱えないのだろう。

「まぁ、佐倉さんも物好きだよな。いくら顔がいいからって、自分の足元でモップ動かしている高校生に目をつけるんだから。しかも、何かと曰《いわ》く付きの奴をさ」

「あ、何か棘《とげ》のある言い方だな」

「曰くがあるのは事実だろ？　彼女、年下の彼氏に貢ぐ余裕がなかったんなら、遠目からキャアキャア言っていれば良かったんだよ。そうしたら、無駄に傷つかないで済む」

「若林さん」

「ん？」

「なんで、彼女にはお金がないって思うんです？　うち、ここいらじゃ一番高い店なのに」

「あれば、ちゃんとお相手していただろ？」

「……やっぱり棘がある」

ムッとして言い返すと、ごめんごめん、と笑って謝られた。兄繋がりで子どもの頃からの付き合いのせいか、若林の言葉には遠慮がない。悪気がないのはわかっていたので、晃一もすぐに機嫌を直した。

「俺、声をかけられると愛想良くしちゃうんで、それで誤解させたのかもしれません」

「いいよ、いいよ。うちに出入りしていて、晃一の評判をまるきり知らなかったわけでもないだろうし。だけどな、おまえは上手く渡り歩いているつもりでも、どこで恨みを買っているかわかんないもんだぞ？　重々気をつけろよ」

「脅かさないでくださいよ」

大袈裟《おおげさ》に顔を顰《しか》めると、若林はニヤニヤと冷やかすように笑う。お咎《とが》めなしに安堵《あんど》して、晃一はそそくさとロッカールームへ向かった。

（佐倉……かぁ。やっぱり、全然思い出せないよなぁ……）

高校の制服から着替えながら、ボンヤリと考える。

それにしても、若林がチーフで助かった。彼が何かにつけフォローしてくれるお陰で、なんとかこのバイトを続けていられるようなものだ。そうでなければ、周囲の風当たりがきつくてさすがにやりづらかっただろう。

他の美容師たちは晃一の風評に眉を顰《ひそ》めており、店に押しかけてくる女の子たちにも「やれやれ」と陰で悪態を吐《つ》いている。「おまえなんか顔だけじゃん」といった言葉は、それこそ嫌になるほど聞かされていた。

『なぁ、晃一。おまえ、金に困ってるのか？』

いつだったか、付き合う女性がいつも奢《おご》ってくれる、と言ったら、若林は呆れ顔でそう尋ねてきた。晃一は笑って答えなかったが、貢いでくれる女性が後を絶たなくてもバイトを休んだことは一度もない。それどころかシフトに入ってない時は、コンビニのバイトも掛け持ちしていた。デートには金がかからず、服や靴はプレゼント、それなのにバイトで稼がなくても、と傍からは不思議に思えるのかもしれない。

だが、周囲からどんな風に見られようと晃一は平気だった。

誰にも話したことはないが、自分には目標がある。

そのためのバイトだし、正直デートなどに金を使う余裕はないに等しかった。それを理由に付き合いを断わろうとしたこともあるが、年上の彼女たちは許してくれなかったのだ。甘んじてきた自分にも責任はあるが、噂や評判に悪意の尾ひれがついて、巷《ちまた》ではなかなかにあくどい男になっていた。でも、完全な嘘《うそ》でもないから気に病んでも仕方がない。

「いらっしゃいませ」

白いシャツにジーンズ、腰にはサロンのエプロンというスタイルでいっぱしのスタッフを気取った晃一は、入ってきた客を愛想よく出迎える。

ところが。

相手の顔を見た瞬間、不覚にも作り物の笑顔が固まってしまった。

(うっわー……――)

目の前に立っているのは、驚くほど顔が小さく、呆れるほど瞳の大きな子だった。

甘い顔立ちを引き締めるように渋いグリーンの膝丈《ひざたけ》コートを着こみ、ロールアップされた洗いざらしのジーンズがそこから真《ま》っ直《す》ぐに伸びている。栗色《くりいろ》がかった柔らかな髪は前下がりのストレートで、目立つ容姿を品良く彩っていた。

(……可愛《かわい》いな)

思わず、心で呟いていた。

幾つだろう。同年代か、少し年下かもしれない。溌剌《はつらつ》とした瞳は完成された美女からは味わえない新鮮さがあり、軽いときめきを覚えてしまった。スニーカーで百七十近い身長は女の子にしては少し高く、加えてかなりスレンダーな身体《からだ》つきなので、もしかしたらモデルかもしれないな、と思ったりもする。事実、このヘアサロンは業界筋に評判が高いため、口コミでモデルや芸能人がよく訪れるのだ。

——と。

「予約してないんだけど、いい？」

外見からは想像もできないぶっきら棒な声が、可憐な口許《くちもと》から零《こぼ》れてきた。

「やっぱり、予約ないとダメなのかな？」

「あ……いや、その……」

「何？」

まさか、と相手の顔をまじまじ見ていたら、露骨に警戒した目で見つめ返される。慌てて表情を取り繕い、今更だが愛想笑いを復活させてみた。しかし相手は頓着《とんちゃく》もせず、ニコリともしないで「じゃ、シャンプーとカットお願いします」と言ってくる。

「髪は、揃《そろ》える程度で構わないから」

「お、お待ちください」

晃一は予約ファイルを開き、すぐに担当できる者を探した。だが、頭の中ではちょっとしたパニックに襲われている。動揺を表に出さないよう努めつつ、胸でそっと毒づいた。

（なんだよ、こいつ男だったのか）

いくら見かけが可愛くても、さすがに声を聞けば性別くらいはわかる。

そう思って改めて見れば確かに喉仏《のどぼとけ》があったし、彼から感じる硬質な雰囲気や粗雑な物言いは女の子にはあまりそぐわないものだった。

（まいったな。思わず、〝可愛い〟とか思っちゃったよ）

実は、けっこう好みとまで思っていた。そんな自分が決まり悪くて、晃一はなかなか顔を上げられない。女性に関しては同年代の男より場数を踏んでいるはずなのに、男女の区別さえつかなかったとはまだまだ修業が足りないらしい。

「あの……」

痺《しび》れを切らしたように、彼が声をかけてきた。

「カットは誰でもいいんだけど、シャンプーの指名っていうのはできるの？」

「シャンプーの指名……ですか？」

「うん。あんたがしてくれないかな」

「え……？」

「俺の髪、シャンプーしてよ。都築さん」

不意に顔を近づけて、晃一の目を覗《のぞ》き込みながら甘い声を出す。

こんな風に「おねだり」されたら、男でもホイホイ言うこと聞いちゃいそうだな……など と場違いな感想を抱《いだ》く晃一に、彼はダメ押しとばかりに迫ってきた。

「なぁ、いいだろ？　俺、都築さんにシャンプーしてもらおうと思って、わざわざこの店に来たんだよ？　なぁなぁ？」

「なんで、俺の名前……」

「都築さん、この辺じゃ有名人だもん。背が高くて男前ですっごくモテるけど、金のある女しか相手にしないって。俺はＳ校なんだけど、ウチまで噂は届いてるよ」

「……ああそう」

なんだ、そういうことか。

たちまち白けた気分になって、晃一は醒《さ》めた声を出した。

何が目的かと思ったら、どうやら彼は品定めに来たらしい。自分の彼女が晃一に惚《ほ》れたとか、理由はそんなところだろう。そういう輩《やから》と話すのは慣れていたし、晃一自身に後ろめたいことなどないのだから、いくらでも強気に出ることができる。改めてにっこり笑みを浮かべると、「生憎《あいにく》ですが」と慇懃《いんぎん》無礼な口調で切り出した。

「俺は単なるアルバイトですし、お客様のお世話はできません。別の者に……」

「まぁ、いいじゃないか。せっかく、名指しでリクエストしてくださったんだから」

「わ、若林さんっ」

いつの間に来たのか、若林が突如会話に口を挟んでくる。

「ただ誠に申し訳ないんですが、本日はシャンプーのみとさせてください。うちは予約制なので、飛び込みのお客さまはご遠慮願っているんですよ」

「そうなんだ。いいよ、別に。都築さんが、シャンプーさえしてくれるんなら」

「若林さん、俺は……っ」

冗談じゃないと食ってかかったが、素早く肩を抱かれて隅へ引っ張っていかれた。他のスタッフが何事かと見ていたが、若林はお構いなしで低く声を落とす。

「あの客、おまえ目当てで来たからにはどうせロクな目的じゃないんだろう？　だったら、好きなようにシャンプーしてやったらいいじゃないか。素人《しろうと》に頼んだ自分が浅はかだったって、きっと後悔して二度と来店しなくなるさ」

「いいんですか……そんなことして」

「冷やかしの客は、うちだって迷惑だよ」

「でも……」

「もちろん、真面目にシャンプーしてもいい。要は、おまえの判断に任せるってことだ。手順はいつも見ているからわかるな？　じゃ、一つ頑張ってこい」

若林は豪快に背中を叩き、さっさと自分の客へ戻っていく。しょうがないなぁ、と溜め息をつき、晃一は渋々と準備を始めた。二人のやり取りを知らない彼は、責任者のＯＫが出たことを素直に喜び、手早くコートを脱ぎ始めている。どうぞ、とシャンプー台まで案内すると、嬉《うれ》しそうに後をついてきた。

（なんか……本当に俺でいいのかな）

無邪気にシャンプー台の椅子《いす》に座る彼に、罪悪感がちくりと胸を刺す。若林は「好きにやれ」と言うが、同性ということを差し引けばかなり好きな顔なのだ。これがゴツくてむさくるしい男だったら心も動かされようがないが、わざわざ偵察のような真似をしなくても彼なら充分女の子にモテるのに、とまで思った。

（まぁ、いいか。動機はなんであれ、こいつが望んだんだしな）

若林の許可があるとはいえ、本来はバイト風情がシャンプーしていいわけがない。ただでさえ風当たりが強いのに、周囲のアシスタントが寄せる視線はますます冷たく感じられた。

「へへ。言ってみるもんだよね」

緊張漲《みなぎ》る空気をよそに、彼だけがウキウキと浮かれた様子だ。何がそんなに楽しいんだ、と晃一は段々ムカついてきて、態度も少々ぶっきらぼうになる。

「じゃあ、失礼します」

「うん。お願いしま～す！」

元気のいい返事と一緒に椅子が傾き、彼の身体は徐々《じょじょ》に仰向《あおむ》けになっていった。その間に晃一が湯加減を調節していると、先刻の勢いとは打って変わって妙に戸惑った声がする。

「あのさ……」

「なんでしょう？」

「や、その、ガーゼとかは……」

「ガーゼ？」

「だから……ほら、普通は目元にガーゼとかかけるよね？　だって、このまんまじゃ……」

「ああ、うちはかけないんだ」

「ホントに？」

しれっと嘘をついてやると、真顔で驚いている。

晃一は内心の笑いを噛《か》み殺し、澄ました顔で「本当に」と頷いた。

「お客様と、じっくり話ができるようにね。ガーゼかけたら、話しづらいだろ？」

「じっくり話って、シャンプーの時にするもんだったっけ……」

「人によるけど、俺はシャンプーしかしないから。何か話があるなら、その間にしてくれないと付き合えない。これでも、バイトの最中だし」

「あ……あ、そうか……」

「お湯は熱くないですか？」

「お湯？　ええと……」

上と下でお見合い状態のまま訊《き》かれても、咄嗟《とっさ》に頭が回らないのだろう。彼は居心地が悪そうに口をへの字に曲げ、小さな声で「……ん」と答える。それでも生来が勝ち気な性分なのか、大きな瞳をしっかりと晃一の顔に据《す》えたまま決して逸《そ》らそうとはしなかった。

（しっかし……でっかい目だよなぁ……）

視線を集めることに慣れている晃一は、ポーカーフェイスも得意だ。けれど、今は表情を崩《くず》さずにいるのがひと苦労だった。ひたすら沈黙していても、相手の瞳を見ただけで苦笑を誘うほど雄弁に悪態をついているのがわかったからだ。

何だよ、これ。悪趣味だな。

この状況で寛《くつろ》いでシャンプーって、無理ゲーだろ。

つか、顔が近い近い近い。くそ、近いって！

（……わかりやすすぎる……）

居たたまれないくらい間近で見つめ合い、相手は今にも音を上げそうだ。きっと、一刻も早くシャンプーが終了することを望んでいるに違いない。そんな切羽詰まり具合が手に取るように伝わってきて、晃一はますます彼に意地悪がしたくなった。

「お痒《かゆ》いところは……」

「ないです」

「指の力は……」

「ちょうどいいです」

「そっか。えっと、後は……」

「もう、いい加減にしてくれよ！」

とうとう、相手がたまりかねたように声を荒らげた。

形のいい額《ひたい》を全開にして、赤く染まった顔で怒鳴る姿は、同じ高校生とは思えないくらいに可愛らしい。柔らかな栗色の髪を指で梳《す》きながら、晃一は尚も澄まして答えた。

「暴れると、服まで濡《ぬ》れますよ」

「だって、あんたが……」

「素人の俺を指名したのはそっちだろう。諦めて、おとなしくシャンプーされていろって」

「こ、こんな間近でジロジロ見られながら、落ち着いてなんかいられるもんかっ」

両足をバタバタ動かしつつ、彼は文句を言い続ける。

やがて黒糖の欠片《かけら》のような瞳をはっと見開き、思いついたように呟いた。

「もしかして、俺、意地悪されてんの……？」

「意地悪？」

「だって、顔にガーゼも当てないでシャンプーする店なんて聞いたことないよ。それに、気が付いたら何度も洗ってない？　そろそろ終わってもいいんじゃ……」

「あ、わかるか？　実はトリートメントと間違えちゃって、さっきからエンドレスにシャンプーしていたところなんだ。許せよ、なんせ素人なんだし」

「素人以前の問題だよ……」

真実を知ったらもっと暴れるかと思っていたのに、彼は不意におとなしくなる。そうして思いがけず大きな溜め息を漏らすと、晃一から天井へゆっくり視線を移した。

「都築さんって、もっと大人っぽい人かと思っていたけど……案外ガキなんだな」

「おまえに、言われたくないよ」

「なんで？　俺が童顔だから？」

「初対面だから」

もういいかと、ようやくトリートメントを手のひらに取る。

だが、続く彼の言葉にうっかり動きが止まってしまった。

「俺たち初対面じゃないよ、都築さん」

「は？」

「あんた、バイトの前にカフェで女の人と別れ話していただろ？」

「おい……」

「俺、あの店でバイトしているんだ。残念ながら、ちょうどあんたたちの話が佳境の時に上がっちゃったけど、あの雰囲気は絶対に別れ話だろうって思ったよ。つまり、都築さんは現在フリーになったばかりなんだよね？」

「…………」

どう答えようか判断がつきかねて、晃一はしばし言葉に詰まる。しかし、仕事は続行しなくてはならなかった。半ば上の空で頭皮をマッサージし、手のひらで優しく包み込む。直後に「なんて小さいんだ」と少なからず驚愕《きょうがく》した。その小さな頭の持ち主は、自分をきらきらした瞳で見上げながら何やら企《たくら》んだ笑みを浮かべている。

次は何を言い出すのか、と警戒していたら、思わせぶりに唇が開いた。

「あの、ものは相談なんだけどさ」

「……なんだよ」

「俺と付き合ってくれませんか？」

「はあ？」

耳に飛び込んできたセリフが信じられず、思い切り間抜けな声が出る。こいつからかっているのか、と腹が立ち、わざと無視していたら、相手は懲《こ》りずにまたくり返してきた。

「なぁ、俺と付き合おうよ、都築さん。フリーなら構わないだろ？」

「…………」

「無視すんなよー。真面目《まじめ》に言ってるんだから。なぁなぁ、付き合おうってば」

「…………」

待て待て待て。何が「真面目に言ってる」だ。大いに不真面目だろうが。

軽いパニックに陥りながら、晃一は冷静になれ、と己へ言い聞かせた。けれど、同性からの告白という非現実な出来事は、落ち着いたところで変わりようがない。

(なんなんだ、こいつ。ゲイなのか？　俺、ゲイに口説かれてるのか？)

そりゃあ、男でもこれだけ可愛ければ、とは思うけれど。

女性からはあらゆるアプローチを受けてきた晃一だが、さすがに同性に言い寄られたことなど皆無だった。おまけに今はシャンプーの真最中で、相手の頭はキューピー人形のようになっている。自分の人生において、かつてゲイのキューピーに迫られたことが今までにあっただろうか(いや、ない)。

「あの、おまえさ、俺のこと偵察に来たんじゃなかったのか……？」

「偵察？　何それ？」

「だからさ、おまえのカノジョが俺に惚れたとか、あるいは好きな女の子が……」

「うわ、都築さん。それ本気で言ってんの？　引く。好きな相手でも引くわ、それ」

「なんでだよっ」

「ずいぶん、自惚《うぬぼ》れの強い発言じゃんか。まぁ、そういう目に遭ってきたんだろうけど」

今や、完全に会話は彼のペースだった。

主導権を握られた晃一は、あれこれ言い返したいのに上手く言葉が出てこない。

「カノジョなんかいないよ、そんなもん」

〝そんなもん〟ってことはないだろうと思ったが、彼はあっさりと否定した。

「俺が好きなのは、都築さんだもん。今日、都築さんが女と別れ話をしているっぽいのを見てラッキー！　って思ったんだ。だけど、うかうかしていたらすぐ次が出てきちゃうだろ？　だから、都築さんが店に出てくるのを待って、俺も入って来たんだよ」

「それで、予約なしだったのか……」

「そう。本当は、カットなんかどうでもいいんだ。口説くために来たんだから」

「口説く……って……」

それきり、本当に晃一は言葉を失った。

ふざけているのかとも思ったが、彼の瞳は熱っぽく輝き、表情は真剣そのものだ。

「……あ。もちろん、お金は払うよ？」

長すぎる沈黙を勘違いしたのか、彼はギョッとするような申し出を口にした。

「都築さんと付き合うには、お金が必要なんだよね？　でも、残念だけど俺はまだ学生だし無尽蔵にお金を払ってはいられない。だから、期間限定でもいいよ」

「おい、ちょっと待て。俺は……」

「期間は、一ヵ月で五十万円。どうかな？」

「ごっ……五十万……っ？」

「そう。悪い話じゃないだろ？」

素《す》っ頓狂《とんきょう》な声を出す晃一に、相手はニコニコと強気な笑みを見せる。確かに、それは破格の条件だった。たった一ヵ月恋人を務めるだけで、五十万という大金が手に入るのだ。

だが、晃一の内面では沸々と怒りが湧《わ》いてきていた。

ろくでもない噂のせいとはいえ、金さえ払えば同性でも相手にすると、彼は本気で思っているのだろうか。そうだとすればずいぶんな侮辱だし、バカにするなと怒鳴りつけてやりたかった。しかも、高校生が工面するのに五十万は大金すぎる。

(まぁ、それだけ本気だって解釈もできるけど……)

そんな犠牲を払ってまで、こいつは自分と付き合いたいのだろうか。

一ヵ月なんてあっという間だし、恋人気分を味わうにはあまりに短い。おまけに、愛情など育《はぐく》む余地もないだろう。まさしく「金の切れ目が縁の切れ目」になりかねないのだ。

(でも、どのみち期間は関係ないか。俺、男に興味ないんだから)

その点は、彼も承知しているはずだ。だからこその五十万であり、捨て身の告白なのだろう。そう思うと、怒りを押し退《の》けて同情のようなものも生まれてくる。

(こんなに可愛いのに……男だって選《よ》り取り見取りだろうに……)

一度そう思ってしまうと、今度は脳内を五十人の福沢諭吉がぐるぐる踊り始めた。

きわどい水商売でもやらない限り、一介の高校生に五十万なんて金額は一ヵ月じゃなかなか稼げない。それを思えば、適当に恋人の真似ごとをしてお金がもらえるなんて、こんなおいしい話はないのだ。夢を実現させる軍資金にも、大きなプラスになる。

（いや、冷静になれって。そんなこと考えるなら、今までの彼女から現金を受け取らなかったのは何でだって話になるだろ。あっちはダメだけどこっちはOKって、そんな理屈通らないじゃないか。いくら金を貯めたいからって、節操なさすぎだから！）

揺れる自分を戒めていたら、相手が可愛くくしゃみをした。

「はっくしゅっ」

「あ、ご……ごめん！」

五十万に呆然《ぼうぜん》として、シャンプーの途中なのを失念していた。

晃一は慌ててお湯を出すと、冷え切った髪を不慣れな手つきで流し始める。

「ごめん、すっかり冷えちゃったな」

「……ひどいよ。風邪ひきそうだ」

「え、大丈夫か？」

「大丈夫じゃない。責任取ってくれる？」

「責任？」

「だから、付き合ってくれって言っているのに。なぁ、たった一ヵ月でいいんだよ。それだけで、俺には充分すぎる思い出ができる。ゲイでもない都築さんに、ずっと付き合えなんて無理は言わないよ。でも、夢くらいみたっていいだろ？　五十万は、いわばその報酬さ。しかも、全額前払いで一切後腐れなし。こんないい話、ないと思わない？」

「………」

熱心に口説かれて、晃一はますます困惑する。

吸い込まれそうな大きな瞳が、不埒《ふらち》な衝動を煽《あお》ってきそうだ。このまま見つめていたら、理性を飛ばして頷いてしまうかもしれない。それほどに、やっぱり好みの顔なのだ。

（まままままずい、まずいまずいまずいまずいっ）

可愛い恋人と五十万円。

同性なのが玉にきずだが、一ヵ月だけと思えば大して苦痛ではない。

「わぷっ」

激しい動揺に見舞われ、晃一はタオルで力任せに彼の髪を拭《ふ》き出した。小さな悲鳴も抵抗も無視し、まるで風呂嫌いの小犬を相手にする勢いだ。見かねた若林が飛んできて、慌てて彼の手からタオルを奪い取った。

「おまえなぁ、そんなタオルドライのやり方したら、髪がめちゃくちゃ痛むじゃないかっ」

「あ、す、すみません……」

「俺じゃなくて、その……」

「穂高《ほだか》です……」

「穂高……」

椅子の上でぐったりしている彼は、穂高という名前らしい。

晃一は胸の中で名前を反芻《はんすう》し、深々と頭を下げた。

「……ごめん」

「晃一、おまえそういう謝り方が……」

「いいんです、いいんですっ。あの、俺が強めにやってくださいって言ったんでっ」

誰も信じないであろう言い訳を口にして、彼は一生懸命に晃一を庇《かば》う。なり損ないのパンクのような頭になっていても、やっぱりその顔はとても愛らしかった。

「まぁ、穂高さんがそう仰《おっしゃ》るなら」

ようやく若林が持ち場へ戻ってくれたので、晃一はやれやれと息をつく。さっきは「冷やかしの客なんかお断り」と暗に追い出せと言わんばかりだったが、やはり根が善人故《ゆえ》か、見過ごすことができなかったのだろう。お陰で、髪に致命的なダメージを与えずに済んだ。

「おまえさ……」

「穂高だよ。穂高まゆら」

張り切って名乗る名前は、見た目に相応《ふさわ》しい甘い響きを持っている。

すっかり毒気を抜かれた晃一は、ボサボサのまゆらの髪を丁寧に整え始めた。

「なぁ、穂高くん。おまえ、S校の何年？」

「まゆらでいいってば。むしろ、まゆらって呼んでよ」

「いや、仕事中だし……」

「そんなの今更じゃん。俺ね、二年。二年A組」

「じゃあ、俺と同じ年か。男と付き合うのは、俺で何人目になるんだ？」

「へ？」

ストレートに斬《き》り込むと、みるみるまゆらが真っ赤になる。

彼は晃一を睨《にら》みつけ、無神経な発言を咎めるような口調で言い放った。

「別に信じなくてもいいけど、正真正銘これが初めてだよ。俺は、今まで男を口説いたことも口説かれたことも一度もないから！」

「それじゃ、なんで俺を……」

「わかんないよ、そんなの」

「おまえね、人を口説いておいて無責任なこと言うなよ。どうして、俺を選んだんだ？」

「だ、だから……それは……」

「それは？」

柔らかな髪を指で梳きながら、まるで愛撫《あいぶ》しながら苛《いじ》めているようだと思う。口では「仕事中だ」と言いながら、激しく逸脱している自覚は晃一にもあった。

でも、会話を止めることができない。

まゆらの本音を、ちゃんと聞いてみたい。

どんどん高まる緊張とは裏腹に、晃一は愉快な気持ちになってきた。

「俺は……」

まゆらはたどたどしい声で、ためらいがちに唇を動かす。

大きな黒目が微熱に潤《うる》み、晃一は不覚にも魅入られたように瞬《まばた》きを忘れた。

「俺は、都築さんが好きだから……」

「だけど、俺は男だしおまえも」

「わかってるよ、そんなこと。でも、好きになっちゃったんだから、しょうがないじゃないか。俺がバイトしてるカフェに都築さんがカノジョ連れて来るたびに、心の中で〝いいなぁ〟って思っていたんだ。でも、いつの間にかカノジョに嫉妬《しっと》するようになっちゃって、俺は都築さんが好きなんだって気づいた時は凄《すご》く狼狽《うろた》えたよ」

「…………」

「男同士だし、普通ならとても叶《かな》いっこないって諦めるとこだった。だけど……都築さんなら、お金次第でなんとか話が切り出せそうだったから……」

「〝噂〟でな」

「……うん」

はっきり「お金次第」と言われると、さすがに気分は良くはない。だが、噂を鵜《う》呑《の》みにしたまゆらには、それだけが唯一の希望だったのだ。

憮然《ぶぜん》とする晃一を見て、まゆらは可哀想《かわいそう》なくらいしゅんとした。

「でも、やっぱり並大抵の額じゃ相手にしてもらえないって思って。だから、小学校からの貯金を全部下ろす覚悟で今日は……」

「それが、五十万なのか」

こっくりと頷いて、再びこちらを見つめてくる。

真っ直ぐな視線に居たたまれなくなり、晃一は気まずく髪から指を引っ込めた。

(さて、どうするべきか……)

いつまでも、シャンプー台でこんな話をしているわけにはいかないだろう。会話の内容までは聞こえていなくても、スタッフたちが興味津々でいるのは明白だ。

晃一に、あまり考えている時間はなかった。

というより、まゆらの瞳を見た時点で心は激しく傾いていたのだ。

(俺は絶対にゲイじゃない。でも、これが〝契約〟なら話は別だ。ギャラを貰って、こいつの恋人役を一ヵ月だけ務める。ただ、それだけのことじゃないか)

あれこれ自身へ言い訳をしつつ、懸命に考えを巡らせる。沈黙の長さに耐えきれなくなったのか、まゆらの表情に不安の色が滲《にじ》み始めてきた。

「あの、都築さん……」

「――わかったよ」

「え？」

「一ヵ月でいいんだろう？　だけど、同性の扱いなんてわからないからな。後でゴチャゴチャ文句言うなよ。ま、俺もどこまで恋人ごっこに付き合えるか心許《こころもと》ないけどさ」

「じゃ……じゃあ、俺と……？」

「いいよ。案外面白い経験になるかも、だし」

「本当に？　本当にいいんだね？」

「ああ」

まゆらがあんまり顔を輝かせるので、晃一までつられて顔が緩んでくる。照れ隠しに（これじゃ、まるきり普通のカップルみたいじゃないか）と毒づいてはみたものの、これまで味わったことのないほんわかとした温かさが胸に滲み込んできた。

「これから一ヵ月、よろしくな。まゆら」

「こちらこそ、よろしく。都築さん！」

花が咲いたような満面の笑顔で、まゆらが両手で握手を求めてくる。

こうして。

都築晃一は五十万円の報酬で、穂高まゆらの『期間限定』の恋人となったのだった。

2

「うわ。今日、めっちゃ冷え込むなぁ」

校舎から一歩外へ出た途端、隣でクラスメイトの遠藤《えんどう》が首をすぼめる。少し前までは暖冬と騒がれていたのに、十二月に入るなりいきなり寒さが厳しくなっていた。

晃一もスウェードのブルゾンの前をかき合わせ、冷たい北風に顔を顰める。そういえば、少し前から『冬の乾燥対策』の相談が女友達から持ち込まれるようになったが、肌の方が一足早く季節の変化を感じていたわけだ。

「あのさ、都築。この間、クラスの女子にレクチャーしてた漢方、教えてくんねぇ？」

「漢方って、足の……？」

「うん。ほら、一回で踵《かかと》がツルツルになるっていうヤツ。カノジョに話したら、レシピ聞いてきてってうるさくてさぁ」

真っ白な息を吐きながら、遠藤が拝む真似をする。わざわざ後をついてきたのはそういうわけだったのかと、晃一は苦笑しながら頷いた。

「いいよ、後でメールしとくから」

「おお、サンキュ。助かるわ。それにしても、おまえって変なことに詳しいよな。化粧品だとか漢方だとか……。やっぱ、女受けを意識してんの？　モテる秘訣ってヤツ？」

「違うよ。兄貴がメイクの仕事してたんだ。それで、いつの間にか自然とな」

「ほえ。マジかよ、それ。初耳だぞ」

「年もかなり離れてたから。十一歳年上」

あまり個人的な情報を口にしないせいか、案外兄の存在を知る人は少ない。だが、彼は若くして才能を認められ、カリスマ的な魅力を持ったメイクアップアーティストだった。繊細な色使いや癒《いや》し系のメイクが得意で、まだ幼かった晃一も兄を深く尊敬していたのだ。

「……ま、もう死んじゃったけどさ」

「そっか……悪いこと聞いちゃったなぁ」

「いいって。もう三年も前の話だし、それに……」

「ん？　都築、どうした？」

「そ……れに……」

話の途中で、不意に晃一の声が虚《うつ》ろになる。

不思議に思った遠藤が、そろそろと視線を追って校門の外を見た時だった。

「都築さぁん！」

澄んだ寒空に元気のいい声を響かせて、まゆらが右手を大きく振っている。晃一は思わず足を止め、目にした光景に何度も瞬きをくり返した。

「都築……あいつ、誰？」

「え……？　いや……その……」

「このクソ寒いのに、ずいぶん元気じゃん。あ、ほら今度は両手を振り始めたぞ」

「やめてくれ……」

何度も「都築さぁん！」を連発され、たまらずに晃一は走り出す。下校する生徒たちの視線を一身に集めても、まゆらは臆《おく》することなく両手を振り続けていた。だが、晃一が目の前まで駆けつけたので、ようやくその手を下ろして笑いかけてくる。

「待ってたんだ。一緒に帰ろうよ」

「おまえなぁ、何も校門で騒ぐことないだろう。見ろ、皆に注目されてるじゃないか。そっちはよその高校だからいいけど、俺にはいい迷惑なんだよっ」

「だって、俺たち恋人同士じゃん。そんなに恥ずかしがることないだろ？」

悪びれずに言い返され、一瞬返答に詰まった。

確かにその通りだが、自分たちの場合は特殊なケースだ。同性同士なのに、堂々と人前で恋人面などできるわけがない。それとも、まゆらの条件は「人前でいちゃつく」も含まれているというのだろうか。

冗談。それなら、恋人ごっこなんか付き合えない。

「おまえ、俺に全校生徒の前で男と付き合ってるって宣言しろっていうのかよ？」

「え、全校生徒だなんて大袈裟だよ。そこまで言ってない」

「だったら、二度とこんな真似すんなっ」

「でも……一緒に……」

「待ち伏せなんかされたら、すぐ噂になるだろ。それでなくても、おまえ目立つんだから」

「……ごめん」

腹立ち紛れにきつく突き放したら、目に見えてまゆらがしょんぼりする。しかし、こういうことは最初が肝心だ。甘い顔をして付け上がられたら、後々面倒なことになる。

晃一は落ち込むまゆらを無視して、後から追い掛けてきた遠藤に向き直った。

「ごめん、S校の友達なんだ。最近知り合ったんだけど、人懐こい奴でさ」

「へぇ、S校かぁ。何つうか……」

「え？」

「男なのに、めちゃくちゃ可愛いじゃん」

最後の「可愛い」だけ声を落として、晃一にだけ囁《ささや》いてくる。深い意味はないだろうが、内心ドキリと狼狽《ろうばい》した。同時に、やっぱり男から見ても可愛いんだよな、と満更でもない気分にもなる。そんな自分にハッとし、晃一は（しっかりしろ）と頭を振った。

「ええと……俺、こいつと寄るところがあるから。またな、遠藤」

「おお。漢方のメール忘れるなよ」

「任せておけって」

じゃあな、と遠藤と別れ、やれやれと嘆息する。傍らでまゆらがおずおず見上げてくるのを感じたが、晃一は一人でさっさと歩き出した。胸の中は後悔でいっぱいで、昨日の軽率な約束を早くも破棄したくなる。

「待ってよ、都築さん」

背後で、まゆらの声がした。困り果てた様子が、目に見えるようだ。彼は早足で後をついてきながら、おろおろと話しかけるタイミングを窺《うかが》っている。まさか、こんなに晃一が怒るとは夢にも思っていなかったのだろう。

「ごめんってば。そんなに怒らないでよ」

「…………」

「だって、付き合うって言ったら一緒に帰るのは基本でしょ？　都築さん、メールとかも全然くれないし、ＬＩＮＥはやってないって言うし。だから、俺……」

「…………」

「間にあうようにって、凄く急いで来たんだよ」

ポツン、と淋《さび》しく呟かれ、ああもう、と唐突に歩くのを止めた。背中にまゆらがぶつかって、小さく「あいたっ」と言うのが聞こえる。晃一はおもむろに振り返り、十数センチ上から彼を見下ろした。

「あのな、まゆら」

「……はい」

「もういいよ。……ごめん、俺も言いすぎた」

「え……」

意外な言葉に驚き、俯《うつむ》いていたまゆらが顔を上げる。

人って、こんな風に感情が目に出るものなのか。

あどけなく見開かれた瞳に、みるみる安堵の色が広がっていく。それを目《ま》の当たりにした晃一は新鮮な感動を覚え、些細《ささい》なことで怒っていた自分が小さく思えてきた。

「あ〜……その……」

「うん」

「あんまり学校とか、そういう場所では困るけど……約束はちゃんと覚えてるから。その、少しは恋人っぽく振る舞わないとな。期間も短いことだし」

「都築さん……」

「あ、いや、誤解すんなよっ？　ほら、金とか貰うわけだしさ。金額分のことは、俺だって責任があるという話で……つまり、おまえは雇用主みたいなもんで」

「わかってるってば」

慌てて言い訳を始めたら、くすりとまゆらが笑みを零す。先刻まで曇《くも》っていた表情が、嘘のように明るくなっていた。

「ありがとう。都築さん、義理堅いんだね」

笑うと大きな瞳がますますきらきらして、晃一はまともに見ていられなくなる。ざわつく胸が不快すぎて、わざと不機嫌に横を向いた。

「別に。今までだって、付き合った相手は大事にしてきたんだ。仮とはいえ、おまえもその中の一人なわけだし。義理とか、そういうんじゃない」

「ふぅん。大事にしてきたんだ？」

「な、何だよ」

思いがけず食いつかれ、何か文句があるかと睨みつける。まゆらは物言いたげにこちらを見ていたが、やがて溜め息をつくとガラリと口調を変えてきた。

「なぁ、少し時間ある？　せっかくだし、お茶でも飲んでいこうよ。お金も渡したいし」

「か、金？」

「そうだよ？　約束の五十万。先払いするからさ」

「……おう……」

存外ドライな態度に、少なからず拍子抜けした気分だ。

もし本気で晃一のことが好きだったら、金の話はもうちょっと切なそうな顔をしても不思議じゃない。それなのに、まゆらはケロリと笑っている。

（なんか、よくわかんない奴だな……）

肩透かしを食らった気分のままでは、何となく悔しい。

ムキになる自分を滑稽《こっけい》だと思いながらも、晃一はボソリと呟いた。

「美味《うま》いコーヒー」

「え？」

「俺、コーヒーが好きなんだ。美味いコーヒーを飲ませる店なら、付き合ってもいい」

「コーヒーかぁ……うん、いいよ」

少しは困るかと思いきや、案外あっさりとまゆらが請け負う。おいおい、ファストフードとかじゃないんだぞ、と多少の不安を覚えていたら、目敏く察して口を開いた。

「大丈夫だって。味は保証する。それに、連れてかなきゃ帰っちゃうんだろ？」

「う、まぁ、そうだな」

「そんなのつまんないよ。俺、都築さんとデートしたいもん。恋人でいられるのは一ヵ月しかないんだから、時間は有効に使わないとね」

「そ、そういうことだ」

「じゃあ、行こうか」

妙に張り切った調子で先に歩き出し、まゆらは笑顔で振り返る。

まるで秘密をこっそり打ち明けるように、勝ち気な眼差《まなざ》しがきらりと光った。

「ついてきて。東京で、一番美味いコーヒーを飲ませるところに案内するよ」


最寄りの駅前の繁華街から、一本路地を曲がったところ。

雑居ビルに囲まれた地味な一画に、まゆらの言う「とっておき」の店があった。

「あ、美味い」

「ほら、だから言ったでしょ？」

カップに口をつけた晃一の一言に、早速得意げな笑みが返ってくる。店内はテーブル席が二つとカウンターのみという、かなり狭い空間だった。それにも拘《かかわ》らず息苦しさを感じないのは、年季の入ったセピアの空気感とゆったりした雰囲気のせいだ。商売っ気があるとはとても思えないが、あるいは店主が趣味で営業しているのかもしれない。

それにしても……と、コーヒーの苦みを堪能しつつ晃一は思う。

間違っても、ここは普通の高校生が好んで通う店ではなかった。現に、目の前に座るまゆらの愛くるしい容姿は店内で浮きまくっている。

「ここはね、俺のとっておきの場所なんだ」

晃一の違和感を払拭《ふっしょく》するかのように、彼は自分から話し始めた。

「元は、俺の姉さんから教えてもらったんだけどね。姉さんも会社の上司から教わったとかで、どんどん辿《たど》っていくと、どうやら創業は俺たちが生まれるずっと前らしいよ」

「へぇ。まゆら、姉さんがいるのか。そんな感じだよな、甘えっこ気質で」

「え、食いつくところ違う。姉さんとか甘えっこは、今どうでもいいから」

微妙に話の腰を折ると、ぱっと目元が赤く染まる。

色づく表情が鮮やかに映えるのは、背景がセピアだからだろうか。そんなことを考えながら、晃一はゆっくりとまゆらの声を聞いていた。

少し鼻にかかった、語尾に甘さを含んだ声。

ちょっと弾んだ口調でしゃべると、どの音でも笑っているように聞こえる。

(ご機嫌な声って、こういうのかな)

いいな、と寛いだ気分で晃一は思った。

こういう声なら、ずっと聞いていてもいい。

「でも、都築さんがコーヒー好きとは知らなかったなぁ。どうりで、うちのカフェでは絶対に注文しないわけだ。高い割には、まずいもんね」

「やっぱり、従業員でもそう思うか？」

「思う、思う。でも、どんなに味にうるさい奴でも、この店なら一発で黙らせるコーヒーを出すからね。あ、他の奴には内緒な？　都築さんだから、連れてきたんだよ？」

「へぇ、特別待遇だな」

「そりゃ……好きだからね」

冗談と本気の混じったセリフを吐いて、まゆらは幸せそうに頬杖《ほおづえ》をついた。

（こいつ、どこまで本心なんだろう）

眠気を誘うクラシックが流れる中、晃一はしみじみと彼を変な奴だと思う。

S校の藍色のブレザーに身を包んだまゆらは、どこから見ても今どきの高校生だ。外見だけでプロファイリングするなら、味覚はジャンクフードで育てたようにしか見えない。けれど、実際の彼は上等なコーヒーを愛飲し、年配の客や老人のマスターと普通の友人同士のような口を利いている。さすがに晃一を「恋人」だと紹介はしなかったが、狭い店内で「好き」なんて言っていれば自然と彼らの耳には入っているだろう。

でも、それで何が変わるわけでもない。

奇異の視線もなければ、嫌悪の表情もない。そのせいか、晃一もあえて口止めはしなかった。なんだか、そうする方が野暮《やぼ》に思えたからだ。

（見た目と性格と行動範囲が、見事にしっちゃかめっちゃかだな）

こんな『隠れ家』を持っている友人を、晃一は他に知らなかった。女性なら都内の高級ホテル、遊び仲間なら流行《はや》りのクラブがせいぜいその役を担っているくらいだ。

（……と。いけね、友人じゃないんだっけ）

急いで気を引き締め直し、〝恋人〟と心の中で訂正する。

そうだった、自分は彼の恋人なのだ。友達同士の気分でいたら、いつまでたっても色っぽい雰囲気は作れない。どこまで務められるかわからない、と口では言ったが、こうなったらできる限り努力はしようと晃一は思っていた。

「えっと、そんじゃ今日から一ヵ月、お互いに楽しくやっていこうぜ、まゆら」

「うん。よろしく、都築さん」

ぺこりと頭を下げるまゆらに、苦笑いで注文を付ける。

「あのさ、俺たち同い年なんだし呼び捨てでいいよ。おまえに『さん』付けで呼ばれると、背中がぞわぞわするんだよな。ほら、晃一って言ってみ」

「い、今すぐ？」

「今すぐ」

「えー……」

まいったな、とか何とかブツブツ呟き、まゆらはかなり戸惑っている。大胆に告白してきたくせに、名前の呼び捨てに躊躇《ちゅうちょ》する心理が面白かった。やがて言い難《にく》そうに眉根を寄せ、俯き加減で小さく「……晃一」と聞こえてくる。ここはお約束のノリで、晃一はわざと意地悪く笑って見せた。

「なんだよ、聞こえないぞ」

「用事もないのに呼べないって。必要に迫られたら、ちゃんと言うから」

「じゃあ、用事を作ってやろうか。さっきのセリフを、名前付きでリクエストする」

「さっきのセリフって？」

キョトンと訊き返すまゆらに、晃一は人差し指を曲げて呼び寄せる。無邪気に顔を近づける彼の耳元へ唇を寄せ、先ほどの「好きだからね」を意味深に囁いた。

「な……ッ」

反射的に身を引いて、まゆらが瞬時に真っ赤になる。ソファの背もたれにしがみつき、こちらを見返す瞳が羞恥《しゅうち》で微《かす》かに潤んでいた。思わぬ艶《なま》めかしさに晃一も内心動揺したが、なんだか段々楽しくなってくる。まゆらの豊かな表情は、見ていて少しも飽きなかった。

「なんだよ、言えないのかよ？　さっきは、さらっと笑顔で言えたじゃないか」

「そ、そりゃ、名前付きだと全然違うし！　こんな狭い店で、他のお客さんもいるし！」

「そんなの今更だろ。まゆら、名前呼びだとずいぶん態度が違うなぁ」

「う……」

「もう一度言ってくれたら、俺、めっちゃくちゃ嬉しいんだけどなぁ」

「うう～……」

苦渋の決断を迫られて、まゆらはしかめ面で唸《うな》っている。吹き出したい衝動を懸命に堪《こら》えながら、晃一は彼の出方をニヤニヤと見守った。これは今まで付き合った女性たちとは、一度も味わえなかった楽しさだ。常に潜在的な勝ち負けが二人の間に存在していたし、相手が大人である分、不毛な駆け引きや無意味な嘘が会話を濁らせていた。

（いや……そうさせていたのは、俺だったのかな……）

まゆらと一緒にいると、晃一は自分が十七歳だったことを思い出す。

容姿端麗で大人びていて、女性がアクセサリーにしたがる男の子。

年上とばかり付き合っていたせいで、いつの間にか彼女たちの見る『都築晃一』が本当の自分だと勘違いしていた。選んでくれた彼女たちを喜ばせたくて、無意識に演技をしていたのかもしれない。高価なプレゼントをさらりと受け取ったり、別れ話が出てもあっさり引き下がったり。それが「大事にする」ことだと思っていた。

『ふぅん。大事にしてきたんだ？』

まゆらの言葉が、耳の奥で蘇《よみがえ》った。

彼がそこまで見抜いていたとは思わないが、あの響きには皮肉が含まれていた気がする。

「好きだよ、晃一」

不意に、耳元で小さな声がした。え、と驚いて横を見ると、テーブルに身を乗り出したままゆらが、悪戯《いたずら》っぽい笑みを浮かべてこちらを覗き込んでいる。唇はすでに閉じられていて、今のが現実か幻聴か判断に迷ったが、ほんのり照れた眼差しに確信を得た。

「おまえ……」

衝動的に口を開き、些《いささ》か緊張しながら晃一は問う。

「俺のどこが、そんなに好きなんだ？　五十万も払うほど」

「言ったじゃない。前から〝いいな〟って思ってたって」

「それだけで、普通は金まで出さないだろ。何か理由があるんじゃないのか？」

「理由……」

困っているのか、まゆらの眉が見事なへの字になった。こんなにわかりやすく感情が表に出るのに、まだ自分は何かを訊き出そうとしている。晃一はしばらく答えを待ったが、期待したような明確な返事は貰えなかった。

「ごめん、でも恋ってそんなもんじゃないの。ちゃんと理由があるから好きになる、なんて教科書みたいにはいかないよ。現に、俺はゲイってわけじゃないけど晃一が好きだし」

「えっ。おまえ、ゲイじゃないのか？」

「違うよ。あ、今はそうなのかもしんないけど、晃一以外の男を好きになったことはないな。それまでは、普通に女の子と付き合ったりしていたし」

「カノジョいたのか？」

「高二だもん。一人や二人、付き合った子はいるよ」

あからさまに意外な顔をしたせいで、まゆらは「心外な」と機嫌を損ねる。だが、言われてみれば人懐こくてルックスもいいのだから、その気になれば相手に不自由はしないだろう。

「そんなことより、俺、けっこうショックなんだけど」

むうっと膨れ面をして、まゆらが詰め寄ってきた。

「晃一が〝言え〟って迫るから恥ずかしいのを堪えて言ったのに、なんでノーリアクションなわけ？　俺の頑張り、無視すんなよ。もっと喜んでくれるかと思ったのに」

「え、あ、そっか。ごめんごめん」

「感激薄すぎ。ああもう、一人でドキドキして損した！」

「悪かったって。いや、嬉しかったよ。本当に嬉しかった」

「………」

「素で、どきっとしたよ」

嘘じゃない。だから、理由が知りたくなった。

そこまで口にする勇気はなかったが、晃一の素直な感想を聞いてまゆらの表情に変化が起きる。彼は決まり悪そうに視線を逸らすと、横顔を向けたまま「そんならいいけど」と狼狽えたように呟いた。

「あ、それから期間のことなんだけど、クリスマスまでいいかな？」

「クリスマス？　今月の二十五日までってことか？」

「うん。晃一が俺の恋人でいるリミット」

きっぱりと言い切られ、しばし晃一は返事に戸惑う。

一ヵ月の約束だが、クリスマスまでなら残りはあと二十日くらいしかない。

「おまえ、それでいいのかよ？」

「いいんだ。実は、最初からクリスマスまでって、そう決めていたから」

「だけど、五十万も払うんだぞ？　たかだか二十日間の恋人で後悔しないのか？　なんなら、大晦日《おおみそか》だって初詣だって、なんだって付き合ってやれるのに……」

「ありがとう。でも……」

「…………」

「欲を言い出したら、キリがないから」

本心からそう思っているらしく、まゆらは屈託なく笑っている。むしろ、ショックを受けているのは晃一の方だ。本人の希望なら問題はないだろうが、二十日で五十万、と思ってしまうと改めて自分がしようとしていることが恐ろしくなってきた。

「晃一は、何も気にしないでいいんだよ。ただ、俺の恋人でいてくれればさ」

困惑する表情を読んで、まゆらが優しく言ってくる。

今更「降りる」なんて言わないで、と大きな黒目が訴えていた。

「それにさ、契約にはいい時期だったと思うんだ。これから、カップルには一番楽しい季節だし。クリスマスを一緒に過ごすなら、相手は恋人が理想的じゃない？」

「そうか？」

晃一があまり気の乗らない返事を返すと、まゆらは不思議そうに首を傾げる。コロコロとよく表情が変わるなぁと感心していたら、彼は再びガバッと身を乗り出してきた。

「晃一、毎年どうしてるんだよ」

「毎年って、クリスマスか？」

「そう。あんまり興味ないみたいだし」

「そういうわけじゃないけど……。毎年、似たりよったりだからな。上等な食事して乾杯して、どっかの一流ホテルか彼女のマンションでセックスして。世の恋人たちは、ほとんど同じことしてるだろ。退屈の極みだよ」

「……正直だね」

嫌悪に眉を顰めるかと思ったのに、まゆらは素直に感心しているようだ。晃一の口から発せられる言葉は、どんなものでも興味の対象にあるらしい。

「じゃあさ」

いいこと思いついた、という顔で彼が言った。

「俺と、退屈じゃないクリスマスをしようよ」

「え？」

「イブじゃなくて、本番の二十五日がいいや。晃一、俺のために感激するようなプランを何か考えてくれないかな。それで、そのアイディアを五十万のオプションにするんだ。それなら、心置きなく金が受け取れるよね？」

「…………」

しばらく、言葉が出なかった。

これまで受け身の付き合いばかりだったので、自分から相手を楽しませようなんて考えたことがない。皆、晃一に物を与えることで愛情を表現したがったし、喜んだ顔を見れば満足してくれたからだ。

それなのに、まゆらは晃一に「考えろ」と言う。

俺を楽しませろと、要求してくるのだ。

「おまえって……」

「ん？　なになに、ポカンとして」

「けっこう、やり手かも……」

晃一の一言に、まゆらは涙を流すほど笑い転げた。

それぞれにブレンドをお代わりして、他愛ない話に没頭する。それでわかったのだが、まゆらは半年も晃一に片想いをしていたのだという。おまけに、よくデートに利用するカフェでバイトをしていたため、気恥ずかしくなるくらい、歴代の恋人をよく覚えていた。

「悪いけど、俺は全然まゆらに見覚えないなぁ」

「そりゃ、ウェイターの顔なんていちいち見ないもんだよ。制服だと雰囲気も変わるしさ。

それに、あそこバイトだけで二十人近くいるんだ。覚えてなくても気にしないでいいよ」

晃一と付き合うことが決定した直後に、まゆらはカフェのバイトを辞めてきたと言う。「デートの時間をたくさん作りたいから」という理由を聞いて本気で呆れたが、彼は実にあっけらかんとしたものだった。

「晃一は？　美容院のバイト、時給いい？」

「いや、全然。それでも、アシスタントに比べればマシかもしれない。俺は時給制だけど、あの人たちは月給だろ。残業してもほとんど無償になっちゃうし、勉強や練習はたくさんしなくちゃならないし、ホントに偉いと思うよ」

「ふぅん。じゃあ、晃一はヘアスタイリストを目指しているわけじゃないのか」

「違う」

「だったら、将来は……」

「詮索好きだな、まゆら」

右手で頬杖をつき、晃一は笑顔で話題を封じる。

噂を鵜呑みにした連中は、「付き合う相手に貢がれて、どうしてバイトまでする必要があるんだ」と不思議そうに訊いてくる。だが、晃一は答える気にならなかった。将来の目標に備えるためだと言ったところで、そんな堅実なイメージを誰も自分に求めてはいない。

まして、二十日間だけの恋人なら尚更《なおさら》だ。

「詮索って……そういうつもりじゃなかったけど。なんか、ごめん」

「え……」

拍子抜けするほど簡単に、まゆらは話を切り上げた。そうして、何もなかったように別の話題を口にする。多少斜めに構えていた晃一は、うっかり嘆息しそうになった。

(マジで読めない奴……)

知れば知るほど、まゆらは新しい顔を見せてくれる。

彼に対しては、今まで培ってきた経験などまったく役に立たなかった。しかも、晃一自身が予想を裏切られることに快感を覚えている。

「そういえば、おまえS校なのによく待ち伏せできたなぁ」

「まぁね。ホームルーム、さぼったから」

「じゃ、本当に校門でずっと待っていたのか?」

「そうだよ」

「そうだよ……って……」

まゆらは事もなげに言うが、今日は底冷えがするほど気温が低い。まして、長時間あてもなく待ち続けるのはかなり辛《つら》かったはずだ。

(だったら……あんなに冷たくしなけりゃ良かったな)

晃一が後悔していたら、またも表情を読んだまゆらが「優しいね」と嬉しそうに言った。

「さてと。ずいぶん長居しちゃったし、そろそろ出ようか。もう七時近いよ?」

「本当か? うわ、外が真っ暗だ」

言われて初めて外を見たが、真冬の空はとっくに暮れきっている。コーヒー二杯で粘ったなぁ、と財布を出しかけた晃一に、まゆらが「あ」と声を上げた。

「晃一、待って。その……」

「なんだよ?」

「……お金……」

「金……ああ、そっか……」

すっかり失念していた自分に、ちょっと呆然としてしまう。

そんな晃一を見て、まゆらの瞳に微かな翳《かげ》りが差した。それが何を意味するのか考える前に、気を取り直したように彼が口を開いた。

「本当は、店に入ったらすぐに渡そうって思っていたんだ。だけど……なんか、グズグズしちゃってごめんな。あのさ、この封筒に入っているから……」

フェールラーベンの赤いリュックから、おずおずと銀行の封筒を取り出してテーブルに乗せる。それを目にした瞬間、晃一の胸は正体不明の痛みに襲われた。なんとか平然とした顔を保ったが、内心では重たくなった心に戸惑いがどんどん大きくなる。

でも、その痛みを認めるわけにはいかなかった。

この金を受け取らなければ、まゆらの恋人ではなくなるのだから。

「――確かに」

金額を確かめてほしいと言われたが、晃一は封筒を鷲掴《わしづか》みにすると、そのまま乱暴に鞄へ突っ込んだ。一刻も早く視界から消して、なかったことにしたいくらいだった。

「じゃあ、行こうか」

喉から搾《しぼ》り出す声が、心なしか上ずっている。

まゆらはホッとしたように顔を上げたが、すぐに表情を曇らせた。

「何？　どうかしたのか、まゆら」

「うん……あの、なんか気に障った？」

「は？」

思いも寄らない指摘を受けて、晃一はちょっとびっくりする。自分では、普段と変わりなく余裕の微笑を保っているつもりだったのだ。

そんな自信を、まゆらの一言が瞬時に粉々にしてくれた。

「晃一、すごく険しい顔してるから」

翌日から、まゆらは校門で待ったりはしなくなった。ホームルームをさぼるのはダメ、と晃一が約束させたからだ。その代わり、バイトのない放課後は例の喫茶店で待ち合わせて、駅まで一緒に帰ることにしている。こんな程度でいいんだろうかと不安になったが、まゆらは「一緒の下校は、お付き合いの基本」と実に満足げだった。

「で、明日はどうしよっか？」

付き合いだして三日目の放課後。

恒例の寄り道でコーヒーを飲んでいた時、まゆらが嬉々《きき》としてそう言い出した。

「明日？　明日って、なんか約束あったか？」

「嫌だなぁ、明日は金曜日だよ？　俺たちにとって、記念すべき最初の週末じゃん。晃一、バイトのシフトに入ってたっけ？」

「ああ。閉店の後、片付けと掃除がある。九時までは身体が空かないな」

「それじゃ、その後で俺と遊ぼうよ」

「マジかよ」

九時なら余裕といった調子で誘われ、晃一は思わず苦笑する。

「遊ぶのは別に構わないけど、一体何がしたいんだ？　そういえば、まゆらって普段はどこら辺を遊び場にしてるのか聞いてないな」

「俺？　少し前までなら、シモキタの『ＣＵＢＥ』とか青山の『メレンゲ』とか。クラブ通いは一時ハマッたけど、でももう飽きちゃったな」

「おまえの顔にそのセリフ、めちゃくちゃ浮いてるぞ」

「ええ、何でだよぉ。俺、嘘なんかついてないし」

拗《す》ねて唇を突き出す様を見て、（そういうところがだよ）と心の中で笑った。

けれど、まゆらの行動力を思えば、正直クラブ通いもそんなに違和感はない。晃一は人込みが嫌いだし、逆ナンされたり酔った女性にしつこくされたり、はてはその連れの男性に凄まれたりとろくな目に遭わないので苦手だが、まゆらのような可愛くて害のないタイプは男女問わずに人気があるだろう。

「おまえ、顔が可愛いからお姉さんとかにモテたんだろ？　だったら、クラブじゃなくてナンパに飽きたんだよ。違うか？」

「飽きたって言うか、俺には晃一がいるし」

「…………」

「通りすがりの誰かと仲良くする意味、もうないからさ。こうして晃一とのんびりコーヒー飲んでいる方が、全然ドキドキするもんな」

「……大袈裟なんだよ」

「なんで？　俺が毎日晃一と会えて、こんな風に過ごせてどんなに嬉しいか、論文にして発表してあげようか？　そうしたら、少しは信じてくれる？」

「あのなぁ……っ」

「……てくらい、大好きだよ。晃一」

両肘《りょうひじ》をついてニッコリとすると、どんな美女にも負けない魅力がまゆらの全身から滲み出す。晃一は逆らう気力も失《う》せ、降参するよ、と肩をすくめた。

（おかしなもんだよな。まだ三日しかたってないとか、嘘みたいに馴染《なじ》んでるし）

しみじみと、我が身を振り返って溜め息をつく。

告白された時はあんなに性別にこだわっていたのに、いざ開き直って付き合い始めたらあまり気にならなくなってしまった。まゆらは事あるごとに「好き好き」と連発してくるのだが、それすら抵抗もなく聞けてしまう。いや、抵抗がないどころか、可愛いとさえ感じてしまう己の順応性は怖いくらいだ。

「そういえば、晃一はどうなんだよ。今まで、どんなところで遊んでた？」

興味津々、と目を光らせて、まゆらが詰め寄ってきた。

「遊び場、被《かぶ》ってないよな。カフェ以外で晃一を見かけた記憶ないし」

「当たり前だ。俺、そんな遊んでねぇよ」

「嘘だぁ。だったら、カノジョとはどんなところに出かけてたんだよ？」

「え～……」

面倒臭いな、と話すのを渋ったが、諦めてはくれなさそうだ。こういう会話は同性も異性も関係ないんだな、と新しい発見をした気分で、晃一は仕方なく話し始めた。

「そうだなぁ、旅行のお供で東南アジアのリゾート・ヴィラとかは行ったけど……」

「はぁ？　ヴィラ？」

「マレーシアの水上コテとか、感動したなぁ。すっげぇ海が透明で、ちょっと潜れば熱帯魚がウヨウヨ泳いでて。あの時は、相手にマジで感謝した。あんな体験、俺の年じゃなかなかできないし。あそこは、死ぬまでにもう一回行ってみたいな」

「マジで感謝って……」

話している間にこの世の楽園を思い出し、晃一はうっとりと遠い目になってしまう。お陰でハッと気がついた時には、まゆらが恨みがましくジトッとこちらを睨んでいた。

どよんと不穏なオーラを漂わせ、彼は明らかにふて腐れた声で言う。

「ビキニ？　ワンピース？」

「何が？」

「カノジョの水着だよ。当然、ハイレグだよな。いいよなぁ、晃一は。俺が切なく晃一を想い続けて涙してる間、そうやって年上の美女とイチャイチャしてたんだもんなぁ」

「や、だって過去のことだし……まゆらのこと、知らなかったし……」

「俺だって、傷ついたりするんだぞ！」

小さく爆発して、まゆらは憤然と言い放った。

「俺、男だからハイレグとか無理だし。つうか、そもそもヴィラとか晃一を連れてけない。そういう旅行って、きっと俺の出した五十万でもおっつかないんだろうな。一泊何万ってしそうだしな。いや、お金があったってハイレグは無理だけど」

「ハイレグにこだわるなよ」

「だって、そこは敵《かな》わないじゃん！」

支離滅裂な文句を吐いて、いっきに残りのコーヒーを呷《あお》る。

いつもご機嫌なまゆらが、こんな理不尽な癇癪《かんしゃく》を起こすのは初めてだった。

「なぁ、まゆら。おまえ、もしかして……」

「なんだよ」

「妬《や》いてんの？　ハイレグに？」

ぴくっと、華奢《きゃしゃ》な肩が動いた。

まずい。無神経に核心を衝《つ》いてしまったようだ。

「……今日は帰る」

伝票を摑んで席を立ち、まゆらはくるりと踵《きびす》を返す。晃一は慌てて後を追いかけたが、何か話しかける前にキッと振り向き様に睨まれた。

「決めた」

「え、何を？」

「今日は晃一に奢ってもらう。いいよな？」

「いいけど……機嫌、それで直るのか？」

「そう。機嫌取れよ」

「コーヒー一杯で直るのか？」

「そこは、晃一の努力次第だろ」

拗ねた顔を作ってはいるが、本音は我儘《わがまま》を言いたいだけらしい。わかったよ、と伝票を受け取ると、ようやくご満悦な表情になった。まったく、まゆらの気分は目まぐるしい。

「ありがとな。お礼に、明日は俺がいい所へ連れてってあげるよ。水上コテージとは行かないけどさ、店が終わる頃に迎えに行くから」

「おいおい、ハイレグの次は水コテか？　言っておくけど、俺が感動したのはそういうところじゃないからな。透き通った海と、そこで泳ぐ魚たちの光景が……」

「うん、わかってる。絡んでごめん」

急にしおらしい態度になって、まゆらは気弱な笑みを浮かべた。

「晃一が言う通り、俺が勝手に妬いただけなんだ。なんか、話している晃一を見て〝本当に楽しかったんだなー〟って感じたからさ。でも、これぱっかりはしょうがないもんな。過去に勝とうと思っても、俺には未来の時間もないしなぁ」

「まゆら……」

「あ、今のは嫌みや皮肉じゃないから。純粋にそう思っただけ」

急いで言い訳を付け加え、晃一の視線を避けるように横を向く。だが、さすがに狭い店内で痴話喧嘩《げんか》を繰り広げていれば、嫌でも他の常連客の視線が気になった。基本的に知らん顔を通してはくれるが、気まずいものはやはり気まずい。

「……ごめん、晃一」

はぁ、と溜め息をついて、まゆらがもう一度謝ってきた。

「もういいって。全然気にしてないし」

「違うよ。晃一は、俺と付き合ってるって知られるの本当は嫌だろう？」

「それは……」

「この店の人なら、言い触らしたりとかはないけど。そういう問題じゃないよな」

これから気を付ける、と神妙に呟かれて、晃一の胸がズキンと痛んだ。けれど、どんな言葉を使っても白々しくなりそうで、上手く思いが伝えられそうもない。もどかしさを抱えながら伝票を握り締め、カウンターの奥にいる店主へ声をかけた。

「すみません、ご馳走《ちそう》さまでした」

「はい。二人で八百円ね」

いつでも穏やかに笑っている店主は、変わらない態度で千円札を丁寧に受け取る。お釣りを受け取ろうとした晃一は、手のひらに硬貨が落ちる前に固く閉じてしまった。

「おや、どうしたのかな?」

「マスター、あの……」

「うん?」

「あの、あんまりコソコソしたくないんではっきり言います」

「……」

「俺、穂高まゆらと付き合っているんです。だから……その、普通の友達同士とはちょっと違うと思いますけど、これからもよろしくお願いします」

ペコリと頭を下げて、逸《はや》る鼓動を懸命に抑える。再び顔を上げると、すぐ傍らでまゆらがポカンと口を開けているのが見えた。その顔があんまり惚《ほう》けていたので、なんだか可笑《おか》しくなってくる。未《いま》だかつて、自分の言動で人をあんなに驚かせたことなどなかった。

いや、他人だけじゃない。自分だって驚いている。

たった二十日間の付き合いなのに、恋人宣言までしてしまった。

「はい、お釣り」

手のひらへ、百円硬貨が二枚落とされた。

晃一がハッと視線を上げると、マスターが笑って「仲良くおやんなさい」と言った。

「信じられない……」

店を出た晃一の後ろで、まゆらが力の抜けた声を出す。気持ちはわからないでもないが、そこまで衝撃を受けたのか、と逆に申し訳なくなってきた。もしかしたら自分が先走っただけで、まゆらはあそこまで望んでいなかったかもしれない。

（そうだよな。俺と別れた後も、まゆらはあの店へ行くんだろうし。俺のこと訊かれたら、嫌でも話さなきゃならないもんな。大体、金の受け渡しとかマスターは見てたのかな）

うわ、と今更ながら猛烈に恥ずかしくなった。

正々堂々としたつもりだが、金銭の絡んでいる関係で胸を張れるわけがない。

「晃一、あの」

「まゆら、俺な」

同時に二人で口を開き、見事にセリフが被ってしまう。

あ、と互いに怯《ひる》んだ後、どちらからともなく笑みが零れてきた。

「晃一、凄い大胆だね。きっと、マスターも内心びっくりしてたよ」

「や、だってさ……」

「え？」

「まゆら、俺に何度も〝ごめん、ごめん〟って謝るから」

「………」

「過去のことはどうにもしてやれないし、おまえが言うように未来もないかもしれない。そしたら、俺がしてやれるのは現在のことだけだからさ」

それは、掛け値なしの本音だった。

拗ねたり落ち込んだり気を遣ったり、そういうまゆらを笑わせたい、と思った。

「たった一ヵ月とはいえ、恋人は恋人だろ。だったら、ちゃんとそれらしく振る舞わないと、楽しくないぞ。おまえ、大金払ってるんだから、もう少し図々《ずうずう》しくなれよなぁ」

「そ、そうかな。俺、けっこう図々しくしているつもりなんだけど」

「どこが？」

「え……コーヒー奢らせたり……」

「友達同士でも、コーヒーぐらい奢るよ」

「だって……でも……」

尚も何か言いたそうにしている彼に、一歩近づいてみる。幸い、路地に人影はなかった。晃一は両手を伸ばしてまゆらの肩に触れ、そっとそのまま抱き寄せる。空気のように軽やかに、小柄な身体が胸へ倒れ込んできた。

「あ、あの……」

まゆらは一瞬身体を固くし、不安げな瞳で晃一を見上げる。

小作りな唇が愛らしく開き、脆《もろ》い表情とは裏腹に勝ち気な言葉を紡ぎ出した。

「どうしたんだよ、急に。もしかして、俺が妬いたから機嫌取ってくれてんの？」

「まぁ、それもあるけど」

「……大事なクライアントだし？」

「もちろん、それもある」

ギュッと抱きしめる腕に力を込め、晃一は切なく溜め息を漏らす。

「おまえ、付き合い始めた日に学校まで迎えに来てくれただろ。あんなめちゃくちゃ寒い日に、ホームルームさぼってまで。だけど、俺は友達に男と付き合ってるって思われたくない一心で、邪険にしちゃったじゃないか。悪いと思ってたんだ、ずっと」

「あれは、俺が勝手に……」

「俺、クリスマスまではまゆらと真面目に恋愛する」

「晃一……」

まゆらが腕の中で身じろぎ、真っ黒な瞳が向けられた。

零れ落ちそうな二つの瞳。

真冬の星がぎゅっと詰め込まれたようで、いつまでも見ていたくなる。

「恋人期間は、まゆらは俺にワガママ言っていいからな。マスターへ宣言したのは、俺の決意の表れってヤツだ。勝手に先走っちゃって、迷惑だったらごめん」

晃一の言葉に、まゆらが何度も首を振った。

まだ状況がよく呑《の》み込めないようで、その顔には狼狽の色が浮かんでいる。こちらの立場を案じているのか、と晃一は察し、「大丈夫だから」と声に出して言い聞かせた。

「どこでも堂々ってわけにはいかないけど、少なくとも今の俺の中でまゆらは恋人だよ」

「……うん」

こつん、とまゆらの額が胸にくっついた。微笑んでいるのが、気配でわかる。

「うん、晃一。……ありがとう」

こみ上げる愛《いと》おしさに、晃一はその身体をきつく抱き締めた。

まゆらと、真面目に恋愛する。

その意味を彼がどう受け止めているのか深く考えもせず、迷いの吹っ切れた晃一は明日のデートへと思いを馳《は》せていた。

3

「おい、晃一。ちょっと来い」

ロッカールームで着替え終わった晃一を、休憩に入った若林が呼びつける。どこか含みのある表情に警戒しつつ近づくと、いきなり右腕が首に回された。

「な、なんなんですかっ、若林さんっ」

「ふっふっふっ。聞いたぞ。おまえ、シャンプーの指名してきた子に口説かれたんだって？　どうりで、いつまでも二人でボソボソ話していると思ったよ」

「ああ……やっぱり、誰か聞いてたんだな。ていうか、今頃ですか」

「悪かったな、情報網がザルで。で、その後どうなんだ？」

「付き合ってますよ。今夜もバイトの後でデートです」

「え」

あっさり肯定すると、たちまち若林は鼻白んだ。面白半分にからかうつもりが、手痛いカウンターパンチを食らった、という顔だ。よろよろと腕を離して晃一を解放すると、今度は一転して大真面目な様子で詰め寄ってきた。

「おまえ、マジかよ。いくら可愛い面していようが、あの子は正真正銘おと……」

「頼まれたんです。お金払うから、一ヵ月だけ恋人になってくれって」

「へ……」

「そこまでは聞いてないですか？　あいつ、俺の良からぬ噂を鵜呑みにしたみたいで」

「金を払うって、まさかおまえ……」

「ちょうど前のカノジョと別れたばかりだったし、引き受けました」

「ちょっと待て。そういう問題か？」

思いの外強い口調で食ってかかられ、晃一は少したじたじとなる。だが、今のが真実なのだから他に言い様がなかった。それとも、「本気で恋に落ちて付き合っています」と真顔で訴えた方が説得力があったのだろうか。

（いや……それはそれで、若林さんは深刻に悩みそうだよな）

若林は、今や兄の親友というより、ほとんど兄代わりのような存在だ。実際、何かと気にかけてもらっているし、公私ともにずいぶん世話になっている。

だからこそ、彼に嘘はつきたくなかった。

「五十万で一ヵ月……なぁ……」

簡潔に事情を説明すると、若林はそう言ったきり渋い顔で黙り込んだ。

まぁ当然だよな、と晃一も理解を求める気はさらさらなかった。まゆらの勢いに押されたとはいえ、普通なら検討の余地すらない話だ。もし、時間が巻き戻って同じ場面に遭遇したら、今度は晃一だって一も二もなく断るだろう。

「おまえさぁ……」

やがて、やたらと神妙な顔つきで若林が言った。

「そろそろ、そういう生活は終わりにしたらどうだよ？」

「嫌だなぁ、若林さん。急に、どうしてそんなこと言い出すんですか」

「いや、真面目な話。だって、おまえ本当は噂で言われているような奴じゃないだろ」

「………」

まぁ座れ、と手近なパイプ椅子を勧められ、おずおずと腰を下ろす。若林は自分も晃一の正面に椅子を出して座ると、改まった様子で口を開いた。

「おまえが付き合ってきた女たちは、金で愛情を換算するタイプが多かった。噂に尾ひれがついて広まると、ますます似たような輩が近寄ってくる。でも、おまえは特に拒まなかった。そのせいで、結果的に噂を肯定することになったよな」

「若林さん、何度か怒ってくれましたよね。女に物を買ってもらうなって」

「ああ、そうだったな。なんつうか、見ていられなかったんだよ」

「え？」

「おまえが、すり減っていくようでさ。投げやりに見えたっていうか。実際、まともに恋愛しようって気概がなくなってただろ。まだ十七のガキのくせにさ」

「……そうですね」

自覚はなかったが、言われてみれば納得はする。

確かに、自分は少しウンザリしていた。プレゼントを介在させることで、どんどん空回っていく愛情に。それに対して為《な》す術《すべ》もなく、ただ受け取るのみだった己の無気力さに。

「おまえに近づいてきた女たちは、噂で作られた都築晃一と付き合ってる。おまえも、あえてそれを否定しようとはしない。それじゃ、どんな相手とだって上手くいきっこないさ。年の差や、まして金の問題なんかじゃない」

「若林さん……」

「だけど、金額を提示されて付き合うのは、今度が初めてなんだろ?」

いきなり核心に踏み込まれ、晃一はぐっと緊張を高めた。どう答えようかと逡巡《しゅんじゅん》するも、何が正解なのかもわからない。ただし、若林に嘘は言いたくない、という思いだけは変わらなかったので、言葉少なに「そうですね」と口にした。

「別れ際に現金を渡そうとする人は何人かいたけど、受け取ったことはなかったし」

「晃一、おまえわかってんのか? それって出張ホストやエンコーと一緒だぞ?」

「…………」

「いや、それでも相手が女ならまだわからないでもない。だけど、よりにもよって同年代の男じゃないか。恋人っていうからには、それなりの行為もするってことなんだぞ。そこんところを、ちゃんと覚悟してんのか？　実行できんのか？」

「それなりの……行為……」

その途端、晃一の脳裏に艶めかしい記憶が次々と蘇る。これまでの女性と味わってきた際どい行為のあれこれは、まだ生々しく感覚に残ったままだ。

熱いキスや、絡め合う素肌。

吐息を瞼《まぶた》に落とし、溜め息で指先を包み込む仕草《しぐさ》。

あの甘美なひとときを、今度は自分とまゆらで共有する。

「う……っわ……」

「何、いきなり赤くなってんだよっ」

軽く若林にどつかれ、ようやく晃一は我を取り戻した。しかし、不埒《ふらち》な動悸《どうき》はなかなか収まらず、救いを求めるような眼差しを若林へ向ける。

「若林さん」

「な……なんだよ。俺に、どうしろって言うんだよ。おまえ、自分の撒《ま》いた種だろうが」

「いや、そうじゃなくて」

「はァ？」

「男同士って、どうやればいいんですか？」

ガタガタガターン！

質問がストレートすぎたのか、仰《の》け反《ぞ》った弾みに若林が椅子ごと引っくり返った。晃一は仰天して駆け寄ったが、頭でも打ったのかしばらくそのまま動かない。

「わ、若林さん、大丈夫ですか」

おそるおそる声をかけたが、返事がない。

まずい、と青くなって誰かを呼ぼうとしたら、むっくりといきなり起き上がった。

「晃一……おまえ、変わったな」

「え、もう驚かさないでくださいよ。変わったって何がですか？」

憑《つ》き物が落ちたような顔でしみじみされても、何の話かわからない。だが、若林は床に座り込んだ姿勢でこちらを見上げ、感心したように呟いた。

「なんか、妙に前向きだ。金を持った年上美女に可愛がられている時は、やたらとシラ～とした感じだったけど、なんだか……」

「………」

「なんだか、楽しそうだぞ？」

「え？」

「相手と寝ることが、楽しみでしょうがないって顔だった」

楽しみでしょうがない。

飾り気のない言葉の意味に、晃一は激しく狼狽する。そう言われて初めて、自分がまゆらとセックスすることに何も抵抗を感じていないことを自覚した。それどころか、今すぐにでも彼に触れたくてたまらなくなる。

先日抱き締めた細い身体、腕の中の優しい体温。あれら全てを自分のものにできる日が、限られた時間の中で本当にやってくるのだろうか。

(俺は……——)

それは、初めて味わう感情だった。

若林が言うように、晃一は「愛情を金で換算する」付き合いしかしてこなかった。その理屈でいけば五十万もの金を払うまゆらに対しては、寝ることだって少しも厭《いと》わない。

だが、それはあくまでも建前の話だ。

男同士のセックスなんて、もっと嫌悪や抵抗を感じてもいいはずだった。事実、最初に告白された時は「何、言ってんだ、こいつ」としか思わなかったのだ。

(なのに……いつの間にか……)

嫌悪どころか、むしろ率先してまゆらに優しくしている自分がいた。顔を合わせるたびに彼を喜ばせたいと思い、あのきらきらな瞳が笑うと嬉しくなる。

(まずいよ、どうしちゃったんだ……)

心が、暴走し始めている。

その事実を、晃一はもはや認めざるを得なくなっていた。

約束通り、まゆらは閉店後の九時少し前に店へやってきた。

久しぶりに見る私服姿は、緋色《ひいろ》のステンカラーコートの下にざっくりしたニットを合わせていて、小柄で細い身体が一層際立つようだ。初対面で「モデルかもしれない」と思ったことを思い出し、晃一はつい苦笑せずにはいられなかった。

「なんだよ、急に笑って。この格好、おかしい？」

「いや、充分可愛いよ」

「ひゃ！」

唐突に変な声を出して、まゆらが意味なくそっぽを向く。どうしたのかと思ったら、ぼそぼそと「……タラシ」と呟いているのが聞こえてきた。

「おい、聞こえたぞ。ひどいなぁ」

「〝充分可愛いよ〟ってさらりと言える男子高校生、ありえない」

「褒めたのに因縁つけるなよ」

「なんか、晃一、別人のように開き直ってる。ちょっと怖い……」

「おまえなぁ……」

照れ隠しなのか、初《しょ》っ端《ぱな》から悪態を吐かれまくりだ。まゆらほどの可愛さなら他人から褒められることなんかしょっちゅうだろうに、いちいち反応が予想外で面白い。

「あ、でもまゆらだけ私服ってズルいよな。考えてみれば、ちゃんとデートするのって今夜が初めてじゃないか。俺だけいつもと同じ制服って……」

「いいの、晃一はそのまんまで。素材で充分勝負できるんだから」

「適当なこと言ってんなよ。第一、制服だと出入りできる店に限りがあるぞ」

「その点は大丈夫。そういうの、関係ない場所に連れていくよ」

「え、もう考えてあるのか？」

デートの段取りは自分の役目かと思っていたので、晃一は素でびっくりする。だが、まゆらは決め顔でニヤリと笑うと「俺が誘ったんだし、当然でしょ」と言い返してきた。

「へぇ……なんつうか、おまえ男前だなぁ」

「あ！　バカにしてんの？」

「だから、褒めてるんだって」

もしかして、俺は褒め下手なんだろうか。

思わずそんな疑いを抱く晃一だったが、どうやらそれは杞憂《きゆう》らしい。口調はツンケンしていても、よく見ればまゆらの瞳は柔らかだった。

「それじゃあ、早速出発しようか」

大通りへ出たまゆらは、おもむろに空車のタクシーに右手を挙げる。

「おい、どこ行くんだよ」

「とにかく黙って車に乗って、俺がいいと言うまで質問はなし！」

「要するに拉致《らち》か。俺、拉致されるんだな？」

「無駄口叩くと、猿《さる》ぐつわも噛ませるよ」

軽口に減らず口で対抗され、半ば強引に車へ押し込まれた。後部座席に並んで座り、わけもわからずに夜の街へ走り出す。まゆらが運転手へ告げた行き先には心当たりがなく、ますます首を傾げるばかりだった。

『それなりの行為もするってことなんだぞ』

流れる夜景をバックにまゆらの横顔を見つめていたら、不意に若林の言葉を思い出す。

明日の土曜日は学校も休みだし、今から遊ぶということは一晩一緒に過ごすという意味も含まれているのだろうか。

（いや、外泊のつもりならさすがに言うよな。一応、親のすね齧《かじ》ってる身分だし）

あるいは——成り行き任せ、というパターンもある。

（うわ……何か、ヤバい方向にドキドキしてきた）

まゆらがどういうつもりで誘ったのかわからないが、晃一の方は一度意識したらそこから思考が離れなくなった。こんな様子を歴代のカノジョたちが見たら、全員がポカンと口を開けて絶句しただろう。晃一だって、できることなら今の自分は誰にも見られたくない。

（泊まりかどうかでヤキモキするとか、俺は童貞かよ！）

無性に気恥ずかしくなってきたところで、車が緩やかに停車した。あらかじめ用意していたのかまゆらがさっさと支払いを済ませ、先に降りて歩き出す。場所はオフィス街の真ん中らしく、ほとんどの人影は繁華街へ向かった後のようだった。

「もうちょっと歩くよ」

「ああ」

質問はなしと言われたので素直に頷くと、まゆらが張り切って走り出した。ビルに囲まれた硬質の闇《やみ》に赤いコートが翻り、まるで映画の一場面のように鮮やかだった。

「とーうちゃーく」

五分ほどして、まゆらが弾んだ声で宣言する。前方に見えるコンクリート打ちっ放しのビルが、彼の目的地らしかった。ポツポツ明かりのついているフロアもあるが、出入り口の周囲に人の姿はなく、煌々《こうこう》とした光がアスファルトを冷たく照らしている。

「おい、こんなところで何を……」

「ここのビルに、親父《おやじ》の事務所があるんだ。大丈夫、許可はもらってるから」

「え？　あ、待てよっ」

「早く早く。関係者の出入り口はこっち」

面食らいながら遅れて裏口へ回ると、すでにまゆらがドアを開けていた。呼ばれるままに中へ入ると、守衛らしき人物と親しげに挨拶《あいさつ》をしている。どうやら、父親の勤め先だというのは本当だったようだ。

（……てことは、まさか本人がこの先で待っているんじゃないだろうな）

晃一は俄然《がぜん》緊張に包まれ、いくらなんでもいきなりすぎる、と狼狽えた。しかし、まゆらは少しも意に介さず、勝手知ったる足取りでエレベーターへ乗り込んでいく。彼が迷わず五階のボタンを押し、箱が動き出したのを見計らって、晃一は「なぁ」と切り出した。

「もう質問はしてもいいか？」

「あ、うん。もちろん」

「もしかして、おまえの親父さんに会いに行くのか？」

「へ？」

それなりに真剣な気持ちで訊いたのに、まゆらは見事にキョトンとしている。だが、強張《こわば》る晃一の顔がよほど可笑しかったのか、すぐさま愉快そうに笑いだした。

「それ、いいかもな。ボクたち結婚します、とか言ってさ。親父、死ぬよ、きっと」

「おまえ、茶化してんじゃねぇぞ。俺は……」

「わかってるって。〝真面目に恋愛する〟んだもんね」

「う……まぁな……」

「俺、晃一のそういうところ、好きだな」

不意に笑うのを止め、愛おしそうにまゆらが呟いた。

「凄く好きだな」

「まゆら……」

両手をポケットに突っ込んだ彼は、子どものような仕草で晃一を見上げる。急に照れ臭くなったのか、すぐにわざとらしく眉間《みけん》に皺《しわ》を寄せ「寒いね」と続けた。けれど、「好き」の一言をまだ味わっていたくて、晃一はそっと顔を近づける。

「え……」

目の前で、まゆらが大きく瞬きをした。

長い睫毛《まつげ》と零れそうな黒目。

次の瞬間、二人の唇は重なり、甘い溜め息が晃一の胸まで温かく染み込んだ。

『五階です』

アナウンスと同時に、エレベーターが五階へ到着する。何もなかったようにドアが静かに開いたが、まゆらはその場から動かず顔を上げようともしなかった。

「どうした？　降りないのか？」

「い……いや、降りるよ……」

「じゃ、行こう。急がないと、またドアが閉まっちゃうぞ。ほらほら、まゆら」

さっきまでとは、すっかり立場が逆転したようだ。晃一はためらうまゆらを追い立てるように、一緒に五階のフロアへ足を踏み入れる。

そうして。

「これって……――」

一言、そう呟いたきり、後は上手く言葉が出なくなった。

エレベーターの外は、暗闇だった。

けれど、まるで道しるべのように青い蛍光ライトが点々と浮かび上がり、種々様々な熱帯魚が泳ぎ回る様を幻想的に照らし出している。

「凄いな……水族館みたいだ」

ゆっくりと、先へ一歩進んでみた。

闇に目が慣れると、巨大な水槽が通路仕立てに設置され、フロアをぐるりと囲んでいるのがわかった。天井の照明が消されてアクアリウムライトのみがついているため、そこかしこをひらひらと極彩色の魚が漂っているように見えるのだ。

ナイトダイビングだ、と晃一は呟いた。あるいは、夜を泳ぐ魚たち。

ゆらゆらと世界に浸りながら、優しい闇に溶けてしまいそうになる。

「水上コテージは、付いてないけどね」

まゆらが小さく囁いて、晃一に笑いかけてきた。

「気分だけでも、リゾートな感じする？」

「まゆら……」

「このビルのオーナーが、無類の熱帯魚マニアなんだよ。そんで、ワンフロアをまるまるコレクション部屋にしているんだって。俺、何度か親父の用事で出入りしていてさ、晃一に水コテの話を聞いてから絶対見せてやりたくなって、夜の貸切りを頼んだんだ」

「……よく許してくれたなぁ」

「そりゃ、晃一のためだもん。頑張ったよ」

へへ、と得意げに言い切り、嬉しそうに晃一へ凭《もた》れ掛かってくる。たった一言で済ませてはいるが、きっとそれなりに苦労はしたんだろう。

「水族館に行けば簡単なんだけど、二人きりってわけにはいかないし。ここなら、時間の許す限りはゆっくりできる。晃一、クリスマスにはこの百倍は驚かせてくれよな」

「難しいなぁ。俺、かなり感激してるし」

「まぁ、そんなこと言わずに頑張って。俺、すっごい期待してるんだ。だって……」

「まゆら？」

最後の夜になるから。

途中でまゆらは口をつぐんだが、そう続く声が聞こえた気がした。

「あのな、まゆら」

青い照明に染まる横顔へ、晃一が愛しげな眼差しを送る。

「キスしていい？」

「え……」

「今、ここで。まゆらとキスしたい」

「………」

しばらく考え込んだ後、意外にも非難めいた目で睨まれた。

え、と困惑していると、まゆらは怒ったような口を利く。

「なんで、今度は訊いてくるんだよ。さっきは、不意打ちだったくせに」

「あれは……予定外というか」

「予定外ってなんだよ。大体、そんなこと訊かれたら、は、恥ずかしいだろっ」

「でも、したいから」

「………」

直球で迫ると、彼は真っ赤になったまま言葉を失った。すかさず晃一は顔を近づけ、そのまま口づけようとする。だが、まゆらは力なく後ずさると唇を避けようとした。

「――まゆら」

晃一の呼びかけに、ぴくりと動きが止まる。

少し強引に肩を引き寄せると、嘘のようにまゆらはおとなしくなった。そうして自ら進んで胸に顔を埋《うず》めてくると、ひそやかに溜め息を漏らす。

それは甘い葛藤《かっとう》だけでなく、諦めと決意の入り混じった複雑な音を滲ませていた。

「うん、いいよ」

ゆっくりとまゆらが顔を上げ、切なげに晃一を見つめ返した。

「俺も、晃一とキスしたい」

「まゆら……」

その言葉に勇気を得て、晃一はきつく彼を抱き締める。優しく重ねたまゆらの唇は、猫舌用のホットミルク程度に温まっていた。晃一は深い満足感を味わいながら、角度を変えて幾度も口づける。触れる場所から愛しさが溢れ、きりきりと胸が痛んで困った。

「晃一……」

唇が離れるたびに、まゆらは不安そうに眉を顰める。そうして、せがまれるまま新たなキスをくり返し、晃一は思う存分、甘美な口づけを貪《むさぼ》った。

「ん……んぅ……」

喉を震わせ、激しい愛撫に喘《あえ》ぐまゆらを、まだ足りないと求め続ける。

自分のどこに、こんな貪欲《どんよく》さが潜んでいたのだろう。

二人は足らない言葉を補うように、熱く舌を絡め合い、きつく互いを抱きしめ合った。箱庭の海で希望にすがるように、いつまでもキスを贈りあう。

「晃一……――」

微熱に濡れる声で名前を呼び、まゆらは伏せた睫毛を震わせる。

元気で勢いがあってくるくる表情を変えていく、いつもの彼はいなかった。そのことが、晃一に新たな戸惑いを感じさせる。必死にしがみつく指の強さは、まるで抱える不安の大きさを物語っているようだ。

まゆらは、まだ見せない顔を持っている。

待っていれば、いずれ曝《さら》け出してくれる時がくるのだろうか。

クリスマスまで僅《わず》かしかないことも忘れて、晃一はそんなことを考えていた。

冬休みを目前に、晃一の高校とまゆらの通うS校は同時期に期末試験が始まった。

さすがに会う時間は取れないので携帯で連絡を取り合っていたが、三日も会わないでいたら、晃一はまゆらの顔が見たくて仕方なくなってくる。キスを交わした夜からほどなく試験勉強に入ってしまったので、余韻が余計に恋しさを駆り立てた。

（まいったなぁ……）

試験の最中も、ふと気がつけばまゆらのことばかり考えている。

そんな自分に気づき、どうしちゃったんだと晃一は途方に暮れていた。今までどんな美女と付き合っても離れている時に心を持っていかれたりはしなかったのに、この変わりようはなんだろう。これでは、本当に恋でもしているようだ。

(恋……まさかな……)

ふと浮かんだ単語を一笑に付し、気を取り直して答案用紙へ向かう。まゆらとは契約して恋人になっているだけで、本当の恋をしているわけではない。おまけに、あと十日もすればタイムリミットのクリスマスがやってくる。

(そうだ。クリスマス、どうしようか)

熱帯魚に囲まれたキスは、これまでになく晃一を感動させていた。

あれを超える演出を、まゆらへ与えなければならないのだ。

『クリスマスにはこの百倍は驚かせてくれよな』

期待に満ちた無邪気な願いは、嫌でも張り切らざるを得ない気分にさせる。ああでもないこうでもないと思案に耽《ふけ》り、ハッと気がついた頃にはチャイムが鳴り響いていた。

(やっば。試験の最中だった!)

無情にも回収の号令が下り、真っ青になった晃一の手から答案用紙が奪われていく。

情けないことに、最終日の古文の解答は三分の一が空欄という有様だった。

「やっと試験から解放されたってのに、都築ってば辛気《しんき》臭い顔してるなぁ」

大失態に立ち直れず机に伏せっていたら、遠藤がポンと背中を叩いてきた。

我に返って周囲を見回すと、いつの間にかホームルームも終わって生徒は帰り支度を始めている。慌てて立ち上がろうとした晃一を引き止め、遠藤は「フェロモンが」と唐突なことを言い出した。

「フェロモン？　なんのことだ？」

「女を引き寄せるフェロモンが、薄れているなって話だよ。もしかして、特定のカノジョでもできたのか？　都築狙《ねら》いの女子たち、そんな噂をしていたけど」

「カノジョ？　なんで、そうなるんだよ」

「だって、ホンワカしてるもん。顔つきが」

「ホンワカ……」

言われて初めて思い当たったが、まゆらと付き合ってから女性に声をかけられることが少なくなった気がする。今までは恋人がいようがいまいが関係なかったし、むしろ特定の相手がいた方がモテたくらいなのに、今回に限ってどうしたんだろう。

もしかしたら、と晃一は不安にかられた。

自分は、将来的にとてもまずい状態になっているのかもしれない。まゆらとの付き合いが終わったら、また元の生活に戻るのだ。その際、女性からモテなくなっていたら、それはそれで複雑なものがある。今のバイト先だって、女性客獲得に貢献しているという背景があるからこそ、学生で素人にも拘《かかわ》らず雇ってもらえているのだから。

「おいおい、そんなマジに取るなって。いや、ちょっと興味があったもんだからさぁ」

「モテなくなったたって言われて、喜ぶ男はいないだろ」

「いや、俺はフェロモンの話をしただけで」

やんわり晃一の言葉を訂正し、遠藤は改めて口を開いた。

「下世話な言い方をすれば、つけ込める隙《すき》がなくなったたって意味だよ。今までは特定の相手がいても、強気で押せば遊んでくれるかも、的な緩さがあったんだよな。でも、今の都築はなんつうか……満たされてる？　みたいな余裕があって、軽く扱っちゃいけない感じがするんだ。そういうの、女子の方が敏感だからさ。俺も、カノジョからの受け売りなんだけど」

「満たされてる？　俺が？」

「そういう風に見えるって話。でも、いいことなんじゃね？」

「………………」

いいこと、なんだろうか。

素直に同意できなくて、晃一は黙り込んでしまった。

もし今の自分が満たされて見えるのだとしたら、それは明らかにまゆらの影響だ。彼の存在が晃一の隙間をあっという間に埋めていき、無意識に抱えていた人恋しさを薄めてくれたんだと思う。現に、テスト中だろうがバイト中だろうが、まゆらのことを考えていると胸が温かなものでいっぱいになった。こんな感覚は、初めての経験だ。

（そうか……なんとなく、わかってきた。今まで付き合ってきた相手が、どうしてあんなに俺へ金を使ってくれたのか。彼女たちも、淋しかったんだ……）

目から鱗《うろこ》な思いで、晃一は溜め息をついた。

一緒にいても、隙だらけの虚ろな恋人。自分では埋められないのかと、不安と焦りを覚えた彼女たちは晃一を繋ぎ止めようとムキになった。その結果が、「金さえ出せば、誰とでも付き合う」という歪《ゆが》んだイメージを生んだのだ。

「悪い、もしかして気に障ったか？」

軽く冷やかす程度だった遠藤は、予想外に深刻な反応をされたのでひどく戸惑っている。晃一の中で大きな意識変化があったとは、夢にも思っていない顔だ。困った彼は、そうだ、とわざとらしく声を出すと、強引に話題を変えてきた。

「ほら、おまえを校門で待っていた奴いたじゃん？　男だけど可愛い顔した……」

「まゆらのことか？」

「え、あいつ〝まゆら〟って言うのか？　すげー名前だな」

「そうか？　ちっちゃい怪獣みたいで合ってるだろ？」

「ちっちゃい怪獣……」

多分、相当自慢げな顔になっていたんだろう。遠藤が目を点にして、頭大丈夫か？　とでも言いたげに見返してくる。だが、まゆらの何をやり出すのか読めない言動と破壊力は、晃一にとって充分に怪獣レベルだった。

「あ～、あの、そんでさ、あいつS校の奴だったよな？」

「遠藤、あいつのこと知ってんのか？」

「ていうか、俺のカノジョがS校なんだ」

今度は、ちょっとばかり遠藤の方が惚気顔《のろけ》になった。

「確か、一年の時に一緒のクラスじゃなかったかな。去年の文化祭に遊びに行ったら、喫茶店やっててさ、そこでちらっと見かけたよ。目立つ容姿なんで、なんとなく覚えてた」

「マジかよ。なんか、凄い偶然だな」

思いがけない繋がりに、晃一は思わず気分が上がる。プライベートのまゆらしか知らず、しかも一方的なアプローチを受けて付き合っているせいか、彼とのやり取りに今ひとつ現実味が欠けているような気がしていたのだ。それが、遠藤の一言でぐっと存在が身近に感じられるようになった。

「だけど、最近カノジョと会えないんだよなぁ」

「え？」

「あ、喧嘩《けんか》とかじゃないぞ？　ほら、S校もそろそろ期末だしさ。こういう時、学校が違うと厄介《やっかい》だよなぁ。こっちが終わったと思ったら向こうが試験で、デートもお預け……」

「何、言ってんだよ。S校の期末なら、俺たちと同じ日程だろ？」

「都築こそ、変なこと言うなよ。S校の期末はこれからだって。なんなら、まゆらって奴に訊いてみりゃいいじゃん。ちょうど、うちと一週間ずれてるから」

「そんな……」

わけがわからず、晃一は混乱した。もし遠藤の話が真実なら、まゆらは嘘をついたことになる。先日のデート帰り、試験の日程を尋ねてきた彼は「じゃあ一緒だね」と笑っていた。お互いに頑張ろう、なんて励まし合って、終わったらデートしようと約束もしたのだ。

（あいつ、なんでそんな嘘を……）

遠藤が言うように一週間ずれるなら、向こうは遊んでいる場合ではないはずだ。

「えーと……俺、またなんか地雷踏んじゃった？」

「…………」

「都築？　お～い、都築、戻ってこ～い」

嘘の意図がさっぱり掴めない晃一に、もはや外部の声は届いていない。

友人の呆れ顔にも気づかず、脳内はまたしてもまゆらで埋め尽くされていた。

恋人（期間限定）の小さな嘘は、晃一をなんとなく憂鬱《ゆううつ》にさせた。

メールで訊いてみようかとも思ったが、こういうのは直接顔を見て話したかったし、文字でやり取りする内容でもない気がする。そこで一旦気持ちを切り替えることにして、シフトに入っていたバイト先へ学校から直行した。試験最終日は早く終わるので、そのまま働けるようにしておいたのだ。

（考えてみれば、それもまゆらの都合だったんだよな）

日程が同じなら、最終日は例の喫茶店で打ち上げしよう、と晃一が言った時、まゆらは用事があるから別の日に、と断ってきた。いつもなら何をおいても晃一を優先しそうなのに、妙に歯切れの悪い態度だったのを覚えている。

（けど、それも当たり前だ。向こうの試験がこれからなら、平日の今頃はまだ授業中だ）

ロッカールームで着替えながら、つい溜め息をついてしまう。

別に、嘘自体は大したことではない。ただ、つかれる意味がまったくわからなかった。それでなくてもまゆらには一方的に振り回されているので、今度も思いもよらない真実が隠されているんじゃないかと穿《うが》った見方をしてしまうせいだ。

（やっぱり、後で電話してみるか。できたら、会えるのが一番だけど……）

ふと、思いの外ダメージを受けている自分に苦笑する。つまり、それだけまゆらに対して無防備になっていたというわけだ。

（ホント、ちっちゃい怪獣だよ）

我ながら上手い喩えだったと、ようやくそこで気分が持ち直した。


「あら、晃一じゃない。久しぶりね」

スタッフのエプロンをつけて店に出ると、若林にカットされている女性客が声をかけてきた。綺麗に手入れのされた爪を見て、思わず心の中で（26番）と呟く。彼女がさして驚いた様子もないのは、ここで再会することを見越して来店したからだろう。

「まだ二時前よ？　ずいぶん早いけど、まさか学校さぼったんじゃないでしょうね」

「違いますよ、今日まで期末試験だったんです」

「ふぅん……」

モップで床に散らばった毛をまとめながら、仕方なく相手をする。客商売なので、向こうが消えろと言わない限り無下に扱うわけにはいかなかった。

「急に敬語なんか使うから、面食らっちゃうわ」

若林の目もあるのでさっさと場を離れようとしたら、またもや話しかけてくる。

「迷惑だったら、ごめんなさいね。でも、若林さんに一度切ってもらいたくて」

「いや、仕事中なので。敬語に他意はないです」

「…………」

「若林さん、人気ですからね。予約取るの大変だったでしょう」

「ええ、けっこう待っちゃった。でも、イメチェンにはいいかなと思うの」

「任せてくださいよ～。期待されると張り切るタイプなんで」

上手い具合に若林が入ってきてくれて、話題は彼女の髪質へ移っていった。晃一は内心ホッとして、そそくさと掃除を済ませて席を離れる。彼女がなんの思惑もなく来店したとは思えなかったが、仕事先では勘弁してほしかった。

「おい、晃一。レジ頼む」

一時間ほど雑用をこなしていたら、若林から声がかかった。客の帰りを見送るまで一人の担当が務めるのが基本だが、彼は予約が立て込んでいるのでそうもいかないのだ。

（だからって、わざわざ俺に振るあたり、若林さん面白がってんな……）

レジに向かった晃一の前へ、思い切ったショートに変身した彼女が颯爽《さっそう》と歩いてきた。巻き毛の甘めロングだった時とは、別人のように爽《さわ》やかな色香が漂っている。さすがだな、と思わず若林の腕に感嘆したが、切られた本人も仕上がりに満足しているらしく、顔つきが先ほどよりずっと明るくなっていた。

「ありがとうございます、よくお似合いになりますよ」

クレジットカードを渡されて、自然と愛想よくなっている自分に気づく。わだかまりを捨てれば、一度でも付き合った相手だけあって、やっぱり綺麗な人だな、と素直に思った。

「悪かったわね、店までやってきて」

渡した伝票にサインしながら、彼女は小さく声を落とす。

「でも、安心して。なんだか気が済んだから。若林さんのカットは魅力的だけど、もうここへは来ないようにするわ。貴方に、他人行儀な口を利かれるのも嫌だし」

「そんなことないよ。来てくれて、ありがとう。元気な顔が見られて、安心した」

「嘘ばっかり。今日まで忘れていたくせに」

図星だったので、決まりの悪い思いにかられて黙る。意地悪がヒットして機嫌が良くなったのか、彼女はテーブルに飾ってある小さなクリスマスツリーに目をやった。

「来た時は気づかなかったわ。可愛いツリーね」

「若林さんの私物なんだよ。大きくて派手なツリーは趣味じゃないからって」

「でも、充分目立つわ。嫌ね、私ってば本当に目に入ってなかった」

「………」

きっと、それだけ来店した時は緊張していたのだ。

そう思った瞬間、別れた時には感じなかった強烈な罪悪感が晃一を襲った。

「……ごめん……」

「え？」

「本当にごめん。嫌な思いをさせて……俺、なんにもわかってないガキだった」

「晃一……」

いきなり深々と頭を下げたので、彼女は呆気《あっけ》に取られたようだ。レジはフロアから死角になっているが、第三者が見れば何事かと思うだろう。顔を上げた晃一を惚けた様子で見返しながら、彼女は「何かあったの？」と訊いてきた。

「まるで別人みたいよ。びっくりしちゃった」

「あ、いや、ごめん。唐突だったよな」

「いいわよ、もう。可愛いクリスマスツリーに免じて許してあげる。こんなところで男子高校生に頭下げさせても、後味が悪いだけじゃない」

毒気を抜かれたように嘆息し、彼女は苦笑いをした。本当に許されたとは思わないが、柔らかな変化に呼応するようにツリーのネオンがランダムに瞬き出す。キャンディカラーのオーナメントが光を反射し、零れるような色彩が甘く振り撒かれた。

（なんか、まゆらっぽいな……）

愛らしい色味とわくわくする煌めきは、どことなくまゆらを連想させる。と、不意に彼女が窓の外へ視線を移し「……あら」と笑んだ。

「見て、晃一。あの子、ちょっとこのツリーに似てない？」

「え……」

「小さくて可愛いけど、少し……何て言うのかな、なにか企んでいそうな感じが」

「まゆら……」

一瞬、自分の目を疑った。

彼女の視線を追った先に、授業を受けているはずのまゆらがニコニコ笑って立っている。

「なんだよ、あいつ。どうして、ここにいるんだ？」

「あら、知りあい？　実は、さっきから可愛い子がいるなぁって思っていたの。でも、友達なら意外な路線ね。晃一とは、全然タイプが違うし。ねぇ、こっち見て笑ってるわよ。外は寒いだろうし、用事があるなら入ってもらったら？」

「ダ、ダメだよ、あいつはっ」

「どうして？　もしかして、付き纏《まと》われているの？」

「そういうんじゃないけど……」

返事に窮している間に、調子に乗ったまゆらは両手をぶんぶん振り回し始めた。ようやく気づいてくれて嬉しい、と全身で言っているようだ。

（ああ……もう……）

チカチカ光るツリーの向こうで、まゆらがぴょんぴょん跳ねている。

その光景は、気の早いサンタが起こした奇跡のように思えた。

――ダメだ。落ちた。

嘘をつこうが何しようが、この魅力にはきっと、絶対、永久に勝てない。

晃一はとうとう白旗を掲げ、まゆらに恋していることを認めた。

「……友達じゃないよ」

「え……？」

「――恋人なんだ」

無意識に、唇がそう言っていた。誰にだって、宣言して歩きたい気分だった。

「恋……って……晃一、何を言ってるの？　嫌ね、変な冗談やめてよ。私のことなら、もう気を遣わなくてもいいから。それに、あの子は男の子じゃ……」

「冗談なんかじゃない」

「晃一……」

「俺、あいつが好きだ」

「…………」

最後の一言に、笑って聞き流そうとした彼女の顔がさっと強張《こわば》る。

あ、と思う間もなく晃一の手からクレジットカードを奪い返すと、見送りも無視してそのまま早足で店を出て行ってしまった。

「晃一ぃ〜。おまえ、バカ。お客さん、怒らせてどうするんだよ」

「若林さん……」

手の空いた若林が、わざわざやってきて苛《いじ》めにかかる。見ていたなら助けてくださいよ、と恨めしく思ったが、自分の撒いた種だから仕方がなかった。それに、どんなに取り繕ったところで彼女と新たな絆《きずな》が生まれることはない。完全に愛想を尽かされた方が、結果的には良かったのだろう。

（それより、まゆらだよ。あいつ、風邪ひくぞ）

壁の時計を見ると、幸い休憩時間が近づいていた。ちら、と視線を走らせた晃一に、どこまで承知しているのか若林が「五分早く戻るなら、今から休憩でいいぞ」と答える。すいません、と頭を下げ、慌てて晃一は外へ飛び出した。

店の壁に凭れていたまゆらは、出てきた晃一に気づくと再び右手を振った。

「晃一、お疲れ～。さっきの求愛ダンス、どうだった？」

「どこがダンスだよ。……営業妨害だった」

「ひってぇ」

唇を尖《とが》らせて拗ねる彼に、晃一は「嘘だよ」と笑い出す。だが、今後はああいう真似はしないでくれと付け加えた。職場なのに気が緩むし、若林にも冷やかされてしまう。何をしでかすかわからないんだから、これからも心構えをしておかないと、と思った。

（これから……か……）

何の気負いもなく未来を考えた自分に、やたらとこそばゆい気持ちになる。

気恥ずかしさをごまかそうと、晃一はしかめ面を作ってまゆらに言った。

「おまえ、寒くないのかよ。店に入ってくればいいのに……」

「無理。シャンプー代しか持ち合わせがないもん。第一、仕事の邪魔になっちゃうし。俺より晃一は大丈夫？　上着も着てないいんじゃ、風邪ひいちゃうよ？」

「ああ、むちゃくちゃ寒いよ。だから、手早く話すな」

「話すって……？」

「ちょっと来い」

怪訝そうに窺ってくるまゆらは、何を言われるのかと不安げだ。その手をおもむろに掴むと、晃一はぐいぐい引っ張りながら人気《ひとけ》のない路地へ向かった。

「な、なんだよ、一体。どうしたんだよ」

「ちょっと、訊いておきたいことがあるんだ」

「訊いておきたいこと？」

その途端、まゆらの声が明らかにトーンを変える。嘘がバレた、と悟ったのかはわからないが、少なくとも疾《やま》しいところがあるのは確実だった。わかりやすくて助かるよ、と胸で呟きながら晃一は歩き続ける。不思議なことに、言うほど寒さは感じていなかった。

もういいだろうと立ち止まると、まゆらが摑まれた手をパッと引き抜く。彼はそのまま腕組みをし、疾しいことなど一つもありません、と言うように胸を張った。

「俺、なんか晃一を怒らせるようなことでもした？　なぁ？」

「じゃあ、訊くけど。まゆら、どうして俺に嘘なんかついたんだ？」

「嘘？」

「そうだよ。おまえ、俺が何も知らないとでも思ってるのかよ」

「な……なんの……なんの話……」

晃一が『嘘』という単語を口にした瞬間、まゆらはサッと表情を硬くする。

血の気が失せ、無言で目を見開いた顔つきは、予想していたよりも遥《はる》かに深刻な雰囲気を漂わせていた。

「あの……晃一、嘘って、それいつから……？」

「今日だよ。S校にカノジョのいる友達から聞いたんだ」

「聞いたって、何を？　どんな風に？」

「どうもこうもあるかよ」

　ここまで言えばわかりそうなものなのに、あくまでこちらから言わせる気だろうか。もしやとぼけているのかと少しムッとし、晃一はまゆらを軽く睨みつけた。

「俺、知っているんだぞ。S校の期末、明日からなんだろう？　今だって、本当はまだ授業中じゃないのかよ。おまえ、ちゃんと学校行ってんのか？　いや、そんなことどうでもいいんだ。ただ……なんで嘘ついたんだ？」

「期末……試験……？」

「そうだよ。ほら、説明してみろ」

「晃一、それで怒ってんの？　俺が、試験の日程で嘘ついたって？　それだけ？」

「それだけとはなんだよ、それだけとは。これでも、ショックだったんだぞ」

「あ、そうか……ごめん……」

　ごめん、と口にはするものの、その謝罪はどこか上の空だ。まゆらはドッと気が抜けた様子で、呆れるくらい長々と溜め息をついた。

「おい、まゆら……？」

「びっくりした」

短く呟くと、即座にまゆらは復活する。彼はみるみる血色を取り戻し、虚ろに怯えていた眼差しにもすぐに強い光が現れた。

「なんだ……そっか。晃一がおっかない顔してるから、もっと大変なことかと思った」

「嘘だって、充分大変なことだろ」

「うん、わかってる。ごめんなさい」

語尾に笑いを滲ませながら、ペコリと頭を下げられる。

だが、晃一が知りたいのは嘘をついた理由だった。ただ謝ってくれればいい、という問題ではない。納得いかずに憮然《ぶぜん》としていたら、まゆらは続けて口を開いた。

「本当にごめん。言われた通り、俺の学校は明日から期末試験なんだ。晃一に嘘をついたのは、すごく反省しているよ。でも、深刻な理由なんか何もないから」

「……どういうことだよ」

「うん……だから……」

彼は、少しだけ言い難そうにする。

「晃一との約束は二十日間だろ？　だから、できるだけ長い時間一緒にいたくてさ」

「え……」

「でも、勉強の邪魔をするわけにはいかないし。いっそ同じ日程ってことにすれば、晃一の試験さえ終われば会えるようになるから」

「そんな……」

「だって、どんなに俺が〝会いたい〟って言っても、俺の試験が始まったら会ってくれないだろ？　なんか、そんな気がする。晃一、真面目だから」

「…………」

確かに、自分ならそうするだろう。図星を指され、晃一は黙り込む。

手の内を晒《さら》したまゆらは気まずそうに、「そんな顔しないでよ」と言ってきた。

「期末は来学期もあるけど、晃一と過ごせるのは今だけだ。でも、ホームルームでさえさぼるなって言う人だしさ。試験捨ててデートするなって、絶対に説教食らうと思って。なら、一緒に終わったってことにしといた方がいいかなと……」

「それだけか……？」

「そうだよ？　でも、本当にごめんな。別に、晃一を騙《だま》そうと思ったわけじゃないんだよ。ただ、一緒にいたかったんだ。少ない残り時間を、無駄にしたくなかった」

「まゆら……」

話している間に気持ちが高ぶったのか、打って変わって神妙な口調になる。ごめん、とくり返してしょんぼり項垂れる姿は、すぐにも抱き締めたくなるほどだった。

『できるだけ長い時間一緒にいたくてさ』

『ただ、一緒にいたかったんだ』

畜生、殺し文句じゃないか。

恋を自覚した直後なだけに、晃一は激しく動揺する。

そんな言い方をされたら、咎めることなどできなくなるに決まっていた。

「……わかった、もういいよ」

目の前で落ち込むまゆらを、溜め息混じりにそっと抱き寄せる。まゆらの心情は痛いくらいによくわかるし、嘘をついた動機もいじらしいと思った。

だが、一方で腑《ふ》に落ちない部分を感じたのも事実だ。

晃一の怒りが期末試験だったと知った時の、あからさまにホッとした表情。あれは、もっと重要な事態を予想したからこそ見せたものではないだろうか。

(だけど……なぁ……)

もし秘密があったとしても、それがどんな害を及ぼすというのだろう。

彼は五十万で晃一を恋人にして、クリスマス以外の要求を一切してこない。そういう意味では、まゆらの方が負担は大きいし我慢もしているはずなのだ。

(期間限定だから言えないとか、そういうことなのか……?)

それでも、隠し事があるなら話してほしいとは思う。

無理やり訊き出すのは嫌だが、まゆらがいいと思ったタイミングで打ち明けてくれたら、どんな内容でも真摯《しんし》に受け止めたい。

「晃一……まだ怒ってる？」

「え？　なんで？」

「さっきから、ずっと黙り込んでるし……」

「そんなことないよ。もういいから」

不安そうに自分を見上げる二つの瞳は、ツリーの天辺を飾る星のようだった。気を取り直した晃一は、優しく微笑んでまゆらの唇を自分の唇でそっと塞《ふさ》ぐ。

（――クリスマスまで、なんだよな）

もしこの場で「好きだ」と口にしたら、彼はどんな反応を示すだろう。クリスマス以降も付き合いたいんだと言ったら、はたして素直に喜んでくれるだろうか。

だが、晃一は何も言えなかった。

なぜだか、その一言がまゆらとの仲を、逆に遠ざけてしまう気がしたからだ。

そうして、その予感は充分に正しかった。

4

クリスマスを翌週に控え、冬休み寸前の放課後。

帰り支度をしていた晃一《こういち》は、またしても遠藤《えんどう》に捕まってしまった。

「都築《つづき》、ちょっといいか？」

「今度はなんだよ。カノジョの肌荒れ対策なら、手入れのメニューを作ってやったろ」

どうも遠藤が持ち出す話題は、晃一にとって穏やかでないものが多い。そのせいで話す前からつい構えてしまうのだが、お互いS校に知り合いがいるという気安さからか、遠藤は前よりもよく話しかけてくるようになっていた。

「俺、カノジョに確認したんだけどさ」

案の定、話題はまたS校のことだ。

S校は今日が期末の最終日だが、「嘘《うそ》をつくよりは」と試験後の一時間をあの喫茶店で過ごそうと提案したので、まゆらは毎日それを楽しみにしている。

今日も約束の時間が迫っていたので、晃一は歩きながら話を聞くことにした。

「なぁ、S校のさぁ……」

「期末の件なら、今日がホントの最終日なんだろ？　おまえも、やっとデート解禁だな」

「おお、ありがとう……って、ちげーよ。俺じゃなくて、都築の友達のことだよ。ほら、S校に通ってるって奴。あいつの苗字、穂高《ほだか》じゃね？　ええと……穂高まゆら」

「そうだよ。カノジョから聞いたのか？」

「カノジョどころか」

遠藤は一旦言葉を区切り、大袈裟《おおげさ》に表情を顰《しか》めてみせる。

引っかかるものを感じた晃一は、足を止めずに横目でちらりと彼を見た。

「まゆらが、どうかしたのか？」

「……S校の有名人だって」

「有名人？　まゆらが？」

「いや、俺もカノジョから聞いた時は納得したんだよ。確かに目立つ顔してるし、そりゃ人気があるだろうって。でも、そういう意味じゃなくてさ……」

「おい、勿体《もったい》ぶってないでさっさと言えよ」

「あ～……ええと……」

苛々《いらいら》して問い質《ただ》すと、急に遠藤は弱腰になった。根はいい奴なのだが、ちょっと考えなしというか、言ってから後悔するタイプの典型だ。その顔つきから、自分の得た情報が晃一を不快にするかもしれないと思い至り、今更どうしようと狼狽《ろうばい》しているのがわかった。

「――遠藤」

それでも、ここまで引っ張られたら聞き流すことはできない。

溜《た》め息《いき》をついて足を止めると、晃一は冷ややかに彼を見据えた。

「話せよ。まゆらがどうしたって？」

「やっぱり、都築知らないんだ……よな？」

「内容がわからなきゃ、知ってるかどうか言えないだろ」

不毛な会話に刺々《とげとげ》しく答えると、それもそうか、と遠藤は気弱な笑みを浮かべる。だが、今度はすぐに真顔に戻り、真剣な口調で迫ってきた。

「余計なお世話なのは、重々承知しているんだ」

「遠藤……？」

「でも、ちょっと心配になったからさ。その、まゆらって突然できた友達みたいだし」

「…………」

「それって、何がきっかけだったわけ？　都築って、あんまり他人とつるむ感じじゃないだろ。女にはモテるけど、一人でいても平気そうだし」

一生懸命話す彼からは、悪意など微塵《みじん》も感じない。何を聞いたのか知らないが、きっと本気で心配してくれているんだろう。

けれど、まゆらが恋人だと言う気にはなれなかった。どんな反応が返ってくるか大体想像つくし、結局無駄に傷つくだけだ。晃一はしばし考えてから、無難な答えを口にした。

「俺のバイトしているヘアサロンに、あいつが客で来たんだよ。で、接客している時に意気投合して友達になったんだ。俺、おまえが言うほど一匹狼《おおかみ》じゃないし」

「そ、そうか……」

出鼻を挫《くじ》かれたのか、遠藤はややトーンダウンする。しかし、一度抱《いだ》いた疑念を払拭《ふっしょく》するには足らなかったらしく、意を決したように話し出した。

「俺、最初はモテる同士、類友で仲良くなってんのかな、なんて呑気《のんき》に思ってたんだ。だけど、カノジョから話を聞いたらまゆらと都築じゃ全然違うじゃん。もしかして、あいつなんか企《たくら》んでたりするんじゃないかと思って……」

「企むって、まゆらが？　何のために？」

「だって、あいつめちゃめちゃタラシって話だぜ？」

思いもよらぬ単語に意表を突かれ、晃一はぐっと息が詰まる。タラシ、なんて言葉自体あんまり使わないし、何よりまゆらには全然似合わない。

だが、直感で遠藤が真実を言っているとわかった。

まゆらに覚えた小さな違和感が、晃一の中で少しずつ形を成していく。

「最近はおとなしいみたいだけど、前はかなり派手に遊んでたってさ。甘い顔立ちが母性本能を刺激するとかって、青山・六本木界隈《かいわい》じゃ食い放題って噂《うわさ》で」

「………」

「なんか、そんな話を聞いたら心配になってさ。都築も女の出入りは派手だし、変な風評とかあったりするけど、実際は金で女と付き合ったりしてないだろ？」

「遠藤……」

「でも、それって俺が都築とクラスが同じで、こうやってしゃべるからわかることじゃん。もし、まゆらがおまえに近づいたなら、何か目的があるんじゃないかって……」

「だったら、それこそ類友だからだよ」

どうも話が飛躍している気がして、いくぶん返事に困ってしまう。

そもそも彼の言うように「しゃべるからわかる」のであれば、まゆらの良くない噂だってデタラメかもしれないと何故《なぜ》思わないのだろう。

「いや、おまえとまゆらは違うよ」

どういうわけか、頑《かたく》なに遠藤は言い張った。

「だって、都築は別れ話で拗《こじ》れたりしないだろ。そういう話、聞いたことないし」

「それはそうだけど……なんだよ、都築〝は〟って」

「………」

気になる言い方をして、遠藤はまた少し黙る。おまえ〝は〟ということは、まゆらはそうじゃないという意味だ。不穏な鼓動を刻み出した胸を、晃一はそっと押さえた。

「遠藤、おまえ何を知ってるんだ？」

「あくまで噂なんだけど……」

「ああ」

「………」

「構わないから言えよ。まゆらの目的とかわけわかんないこと匂《にお》わせるくらいなら、はっきり言ってくれた方がすっきりする。なんなんだよ？」

「付き合ってた女に、刺されたことあるって……」

「刺された……？」

どんな言葉が出てきても、ショックを受けない覚悟はしていたつもりだ。

だが、さすがにそのセリフは予想外だった。

「……それ、いつの話だよ……」

ぐるぐると頭が回り、自分の声が他人のように聞こえる。

とても現実のこととは思えなくて、晃一は足元に力を込めた。そうしないと、地面がぐらついて立っていられそうもない。ありえない、嘘だ、と心でくり返しながら、遠藤に向かって問い詰めるように言った。

「おまえ、いい加減なこと言うなよ。いくらなんでも、悪質すぎるぞ！」

「本当なんだって！」

声を荒らげ、遠藤も強く言い返す。

「今年の春頃に別れ話がもつれて……ってことらしい。そんで、あっという間に悪い噂が広まって人が近寄らなくなったって。だから、他校の都築に付き纏《まと》ってんのも、おまえの周りにいる女が目当てなのかなぁって……」

「…………」

「S校じゃ有名だってよ。現に、その件で停学も食らってる。カノジョの話だと、停学が解けた後も、あんまり学校に来てないってさ。あ、けど最近は少しずつ登校するようになってるって言ってたかな。相変わらず、腫《は》れ物扱いみたいだけど」

「まゆらが……」

俄《にわ》かには、信じられない話だった。

あくまで噂だと言いながら、遠藤の口調には確信めいた響きがある。恐らく、停学の件は本当なのだろう。真実はともかく、まゆらが付き合っていた女性に刺された、という事件はきっと実際にあったのだ。

「傷も大したことなかったし、学校側がもみ消したって話だよ。相手とは示談が成立して、ニュースにもならなかったらしい。けど、ネットではけっこう出回ってる。まぁ、そっちはあることないこと書かれていて、まったく信ぴょう性には欠けるようだけどな」

「そんなの……知らない……」

上ずるように、声を絞り出した。

よその高校のことなど、もともと周囲に無関心だった晃一にはわからない。

『飽きたって言うか、俺には晃一がいるし』

クラブ通いの話をした後、そう言って彼が笑ったのはほんの少し前のことだ。あの会話の裏にそんな過去が潜んでいたなんて、まるきり思いもしなかった。

でも。

まゆらの、自分に見せなかった顔。嘘がバレたと聞いた時の、尋常でない慌て方。

遠藤の話を聞けば、それら全てに納得がいく。

「お、おい。都築、大丈夫か？　ごめん、俺やっぱり余計なこと……」

激しく衝撃を受ける晃一に、遠藤がオロオロと謝ってきた。けれど、事実である以上は遅かれ早かれ耳に入ってきたことだ。確かにショックではあるが、だからと言ってまゆらを大事に想う心は少しも揺らいではいなかった。

まゆらに会いたい、と強く思う。

彼が隠しておきたいなら、それでいい。自分から詮索しようとは思わない。晃一だって他人が眉を顰めるような付き合い方をしてきたし、そんなのはお互い様だ。もし誰かを傷つけてしまったのなら、相応の報いがあるのは仕方のないことだろう。

だけど、晃一は知っている。今のまゆらは、ちゃんと人を好きになれる奴だ。だから、自分も彼を好きになった。誰かを愛《いと》しく感じる気持ちを、まゆらが教えてくれたから。

（俺、言わなくちゃダメだ。好きだって、まゆらに伝えないと）

強烈な恋情が、戸惑うくらい胸を焼いた。居てもたってもいられなくなり、心配そうに様子を窺《うかが》ってくる遠藤を真《ま》っ直《す》ぐに見る。

「……遠藤」

「え？」

「いろいろありがとうな。でも、これだけは言っておく」

ようやく自分を取り戻し、晃一ははっきりと断言した。

「まゆらが過去にどんな人間だったとしても、あいつの目的は俺のコネを使ってナンパしよう、なんてことじゃない。絶対に、それだけは確かだ。だって、あいつは俺の……」

「都築の？」

「……いや、この話はまた今度な。俺、急ぐから。じゃあな！」

「お、おいっ」

一方的に話を終わらせると、弾《はじ》かれたように走り出した。待ち合わせの時間は、とっくに過ぎている。遅刻に拗《す》ねるまゆらへ、最初になんて声をかけようかと考えた。

最初から、期間限定なんて無理だった。

五十万で恋人なんて、務まるわけがなかったのだ。

愚かな自分の話を、彼が笑って聞いてくれるといい、と思った。

「え、まゆら、いないんですか？」

晃一が喫茶店に着いたのは、すでに約束より二十分も過ぎた頃だった。てっきり怒られるのを覚悟していたが、狭い店内のどこにも彼の姿が見当たらない。Ｓ校は今日が試験最終日なので一度帰宅してから出てくると言っていたのに、急な用事でもできたのだろうか。

張り切っていた分、肩透かしを食らった気分で店主へ尋ねると「伝言があるよ」と微笑《ほほえ》まれた。どうやら店へ顔を出したくせに、何故だか晃一を待たずに帰ったらしい。

「伝言？　直接メールくれればいいのに……」

「手描きの地図を渡したいから、と言っていたな。宝探しの延長かもしれん」

「地図って……あいつ、どこかで待ってるってことですか」

「さぁねぇ。私は、ただ預かっただけだからねぇ」

困惑する晃一をニコニコと眺めながら、店主は四角に折り畳んだ紙片を手渡してきた。そうして旧式のサイフォンを弄《いじ》りつつ、銜《くわ》え煙草《たばこ》の煙を美味《うま》そうに吐き出す。

「あの子がね」

「はい？」

「友達でも恋人でも、とにかく誰かをここへ連れてきたのはあんたが最初なんだよ。毎日のようにうちへ通ってきたが、いつも一人だったからね」

「………」

「今日も、しばらくはあんたを待っていたんだよ。けど、妙に塞《ふさ》ぎ込んだ顔をしていてね。試験も終わったし、何をそんなに暗くなってるんだいとからかったら、毎日が辛《つら》いとか言い出した。愚痴や弱音をまず吐かない子だから、ちょっと気になっているんだが……」

「まゆらが、そんなことを？」

大概のことではもう驚かないと思っていたが、まだ経験値は大幅に不足なようだ。

毎日が辛い、なんて、およそ強気なまゆらの発言とは思えないし、だからこそ何があったのかと不安にかられる。

「都築くん、あんたはあの子と付き合っていると言ったね？」

「はい、そうです」

「だけど、その約束はクリスマスまでだって聞いたんだが……」

「違いますよ」

間髪を容《い》れずに、晃一は笑顔で否定した。少し前までならためらっていた返事にも、今は自信を持って答えることができた。

まゆらが、好きだから。

生まれて初めて、自分以外の誰かをこんなに大切に思えたから。

「……そうか、そうか」

店主は嬉《うれ》しそうに目を細め、何度も小さく頷いた。

「あの子は複雑な子だが、人に対してはシンプルだ。好きか嫌いか、で動くからね」

「好きか、嫌いか……」

「そこが誤解を生むこともあるが、気長に付き合ってやってくれるかい？」

正面から問いかけられ、ハッと背筋が伸びる気がした。

きちんと言葉を受け止め、その重みを感じながら、晃一は慎重に言葉を選ぶ。単なる常連客の枠を超え、まゆらが店主に可愛《かわい》がられているのがよくわかった。

「――もちろんです。この先も、ずっと一緒にいます」

「それは素敵だ」

こぽこぽとサイフォンが音をたて、コーヒーの香りが柔らかく空気に滲《にじ》んでいく。

また二人で飲みに来ます、と言って、晃一は店を後にした。


手描きの地図を頼りに行き着いたのは、喫茶店とは駅を挟んで反対側にあるマンションの一室だった。エントランスのインターフォンでメモにあった部屋の番号を押し、ドキドキしながら待っていると、耳に馴染《なじ》んだまゆらの声が『はい』と元気良く出迎える。

「あ、晃一だけど……」

思えば、個人的な空間で会うのは初めてだ。普段と勝手が違うのでぎくしゃくしながら名乗ると、まゆらは声のトーンを嬉しそうに上げて早く上がるようにと急かした。

(あ……と、しまった……)

まゆらに渡された五十万、持ってくれば良かったな。

エレベーターのクローズボタンを押しながら、晃一は軽く後悔する。好きだ、と打ち明けようと決心したものの、先に返金しなければそれも叶《かな》わない。気持ちの問題だが、やはり金銭の絡みのない関係で告白したかった。

(……うっかりしてたな。今から家に戻ると、もっと遅れるし……)

ただでさえ遅刻しているので、これ以上まゆらを待たせたくはない。上昇する箱の中でしばし逡巡《しゅんじゅん》したが、やむなく今日は試験明けの打ち上げに留《とど》めることにした。

(そういえば、まゆらは半年前から俺に片想いしてたって言ってたな)

遠藤の話によれば、彼が刺されたのは今年の春頃らしい。そうなると、時期的には事件の直後辺りになるのだろうか。バイト先のカフェでよく見かけた、と言っていたが、労働できる程度の怪我《けが》で済んだのなら不幸中の幸いだ。

（でも……）

毎日が辛い。

喫茶店の店主が教えてくれた、まゆらの言葉が気にかかる。

（インターフォンの声は、いつもと変わらない感じだったけど。まゆら、何か悩んでることでもあるのか。まさか、まだ過去の事件を引き摺《ず》ってたりするんだろうか）

いやいや、と即座に否定した。ショッキングな事件を知った直後だから、そんな風に気を回してしまうだけだ。確かにすぐ立ち直れるようなことではないが、自分の見てきたまゆらには少なくとも『恐怖』に捕らわれている様子はなかった。

だったら――なんなんだ。

得体のしれない焦燥が、ちりっと晃一の胸を刺す。

ひとつ扉を開いたと思ったら、またすぐ次の扉が現れたような気分だ。こんな風に、自分はずっとまゆらを追いかけていくのかもしれない。

「おっかえりぃ」

廊下の突き当たりの部屋でチャイムを鳴らすと、玄関が開くと同時に抱き付かれた。室内の温かな空気に包まれ、まゆらの身体もぬいぐるみのようにふかふかに感じる。

「なんだ、晃一ってば全然動じないね」

「まゆらの行動パターンは、大体読めてる。でも、お帰りって言われると照れるな」

「へへ。一緒に暮らしてるみたいだったり？」

「飼ってる小型犬に、歓迎されてるみたいだったり」

「あ、なんだよ、それ」

腕の中で見上げてくる、笑顔のまゆらにホッとした。相変わらず大きな瞳《ひとみ》が、晃一に会えた喜びできらきら光っている。まるで、世界で一番小さなプラネタリウムだ。

これがダメなんだよな、と思わず苦笑した。

まゆらの瞳が、〝好き〟の感情以外を全て濾過《ろか》してしまう。

「まぁまぁ、とにかく中へ入ってよ。俺以外、誰もいないから」

晃一の手を取り、彼が張り切ってリビングへ向かった。作りから独身用だと思ったが、小綺麗な１ＤＫは男子高校生の部屋にしては甘めのインテリアで統一されている。おまえが住んでいるのか、と尋ねたら一人暮らしをしている姉の部屋だと説明された。

「姉って、あの喫茶店を教えてくれたって言ってた……」

「そうそう。七つ年上でＯＬやってるよ。恋人ができたって話したら、週末は旅行に出かけるから部屋を使っていいって言われたんだ」

「マジかよ。仲いいんだな」

「普通程度にね。晃一は一人っ子？」

「いや……」

どう答えようかと語尾を濁したら、先が続けられなくなってしまった。妙な間ができたせいで、一瞬白けた雰囲気が生まれかける。けれど、まゆらは頓着《とんちゃく》せずにさっさと視線をソファへ移すと、威勢よくそちらへ飛び乗った。

「晃一も、ほら、座って座って」

「え……あ、ああ、うん」

自分の隣をぽんぽん叩《たた》き、強引に晃一を手招きする。試験の終わった解放感からか「塞ぎ込んでいた」という話が信じられないほど、今日の彼は機嫌が良かった。

リビングの中央には脚の低いガラス製のテーブルが置かれ、グラスやスナック菓子が用意されている。聞けば、店主に地図を預けた帰りにいろいろ買い込んで準備していたらしい。まるでミニパーティだな、と感心したが、少々の不満を晃一は口にした。

「嬉しいけどさ、そんなに気合いを入れるなら俺にも言ってくれたらいいのに。地図だけ渡されてメールの一本もないから、何も買ってこなかったじゃないか」

「ああ、だって」

「ん？」

「……あんまり、後に残るようなことしない方がいい、かなって」

「…………」

不意に呟《つぶや》かれた一言に、もろに心臓を鷲掴《わしづか》みにされる。クリスマスまで、とまゆらは思っているので、そろそろ別れのカウントダウンに入っているのだ。

どうしよう、と狼狽し、今すぐ本心を伝えるべきかと迷い始めた。「毎日が辛い」という言葉は、きっとこれを意味していたのだろう。だが、考えがまとまる前にまゆらが立ち上がり、「飲み物、何がいい？　取ってくるよ」とあっさり空気を変えてしまった。

「あの……えっと……」

「晃一？　どうしたの、思い詰めた顔して」

「や、別に、なんでも……」

完全にタイミングを外してしまい、強張《こわば》った笑いでごまかす。思い切りの悪い自分に内心がっかりだが、思えば誰かに告白なんて生まれて一度もしたことがなかった。

（だよなぁ。本気で好きになった奴、いなかったんだもんなぁ）

来るもの拒まずで常に受け身だったのが、ここにきて仇《あだ》となっている。歴代のカノジョたちの嘲笑《あざわら》う声が聞こえるようだと、晃一はがっくり肩を落とした。

「晃一、何も言わないからコーラ持ってきたよ。炭酸平気？」

「へーキ。つか、まゆらこそ炭酸飲むのか」

「なんだよ、また〝顔に合わない〟？　ココアとかミルクティーにしとけって？」

「いや、ぴったりだな、って」

「へ？」

「甘口だけど刺激が強い」

「………」

素直な感想を言っただけだが、まゆらは真っ赤になって絶句する。そのままふるふる震えてソファのクッションに突っ伏すと、両手でバンバン叩き出した。

「おい、何やってんだよ」

「も～、恥ずかしい奴！　恥ずかしい奴！」

「二回言ったな……」

「フッー真顔で言う？　晃一、ほんっと変だよね。もう大好きだよ！」

「怒りながら、何言ってんだよ」

苦笑して右の手のひらを頭に乗せると、ようやく動きがおとなしくなる。クッションから窺うように覗《のぞ》く目が、甘えているようで可愛かった。

「あのさ、まゆら。俺、兄貴がいたんだ。うんと年上の」

「いた……って……」

「生きていたら、今年で二十八。ヘアサロンの若林《わかばやし》さんは、兄貴の親友だった人だよ」

「ちょっと待って。起きる」

急に真面目《まじめ》な声を出して、むくりとまゆらが身体《からだ》を起こした。真剣に聞こうとしてくれたのが嬉しくて、晃一は自然に微笑を刻む。笑いながら、兄の話ができるとは思わなかった。

「年が離れているのは理由があって、母親の再婚相手の連れ子だからなんだけど」

「え……」

「このまま話していていいか？」

「う、うん、もちろん」

力強く頷くまゆらが頼もしい。

幸せだ、と晃一は静かにそう思った。

「急に兄貴の話なんか始めたんで、驚いてるだろ」

「びっくりしてる。晃一って、自分のこと訊かれたりするの嫌いみたいだしさ。今まで、話してくれたこともないし。だから、びっくりして……ちょっと感激してる」

「まゆら……」

「あ、不謹慎だったかな。……ごめん」

慌てて謝る彼に、大丈夫だよと優しく答える。

真摯《しんし》な眼差《まなざ》しのまゆらが、晃一は何よりも愛《いと》しかった。

「俺の兄貴、ヘアメイクの仕事をやってたんだ。三年前に事故で亡くなるまではそこそこメジャーな存在で、モデルや女優の顧客も何人かいたよ」

「へぇ、すごいなぁ」

「俺、すっごく憧《あこが》れてた。あいつの指が触れただけで、どんな人間もきらきら輝いて見えるんだ。ガキの頃は、マジで魔法使いなんだって信じてたな。ほら、シンデレラって童話があるだろ？　あれに出てくる、魔法使いだって。でもさ……」

「晃一……？」

「でも……」

どう話そうかと言い澱《よど》んでいたら、何を思ったのかそっとソファからまゆらが降りる。彼は晃一の傍らの床に座り直すと、見守るような目で見上げてきた。

「うん、それで？」

「まゆら……」

眼差しの温かさに勇気を得て、遠い記憶が少しずつ蘇《よみがえ》ってくる。

晃一は懐かしさに胸を震わせながら、兄の面影を脳裏で追いかけた。

「兄貴はさ、もっと勉強したいって言ったんだ。一流のメイクアップアーティストになって、世界中の人を綺麗《きれい》にしたいって。それで、ＮＹの専門学校に留学することにしたんだよ」

「カッコいいな。日本でのキャリアを捨てる覚悟だったんだ」

「ああ。さっきも言った通り、俺の母親は再婚で……父さんとは再婚同士だったんだけど、その後で俺が生まれた。だから、兄貴はちょっと遠慮していたのかもしれない」

「え……」

「留学する前の晩、俺の部屋に来て言ったんだ。自分がＮＹに行ったら、この家は親子水入

らずになる。だから、俺に両親を頼むって……」

「そんな、なんでそうなるの。お兄さんだって家族じゃん！」

「うん。俺もそう言った。泣いて怒ったよ」

当時の自分とまったく同じセリフを吐かれ、くすりと笑みが零《こぼ》れる。

「兄貴、〝ごめんごめん〟って笑ってた。でも、きっとあれが本心だったんだ。両親は決して分け隔てなんかしてなかったけど、それでも淋《さび》しかったんだ……」

「……………」

「そういうのって、理屈じゃないだろ。誰にも、兄貴の孤独は埋められない。だから、俺も両親も黙って送り出すしかなかった。月日が過ぎて、兄貴に自分の家族ができて……あいつも居場所を作ることができたら、また俺たちも変われるって信じてさ」

でも、それは無残な事故で叶わない夢となった。

兄を乗せたNY行きの飛行機が墜落し、彼は帰らない人となったのだ。

「笑っちゃうよな。親子水入らずって、そこまで気を遣わなくてもいいっつーの。残された俺たちが、どんなに悲しむかも考えないでさ。ほんと、兄貴を恨んだよ。八つ当たりだってわかってたけど、こんな気持ちにしたまま逝《い》くなよって思った」

「晃一……」

これまで、晃一は兄の死について誰にも詳しく話したことがない。それは、どうしても自責の念にかられて苦しくなるからだ。兄の抱える孤独に気づいていながら、どうすることもできなかった。いつか時間が解決してくれることを願って、目の前の問題から逃げたのだ。そんな思いが拭《ぬぐ》いきれないまま、気が付けば三年の月日がたっていた。

「晃一……晃一……」

まゆらが両手を差し出し、何度も名前を呼びかける。大丈夫、それはもう終わったこと。兄さんは決して淋しいだけじゃなかった。そんな耳に優しいセリフを、一生懸命にくり返しながら。なんの慰めにもならないけど、俺は絶対にそう思っているから。

「まゆら、俺の評判、聞いたって言ってたよな。金を持ってる女としか付き合わない、貢がれ慣れている、一人と長くはもたない……」

「うん……知ってるよ」

「俺、留学したいんだ」

君の味方だよ、と訴える手を、晃一はきつく握り締めた。

何故、アルバイトを辞めないのか。平気な顔で、女性からプレゼントを貰《もら》えるのか。周囲の人間が一度は問いかけてくる疑問の答えが、この一言だった。

「兄貴が行くはずだったNYのメイクの専門学校へ行って、あいつに負けない一流のメイクアップアーティストになりたいんだ。そのために、金を貯めているんだよ」

「留学って……高校出たら？」

「貯金が、目標金額に達したら」

まゆらが、息を呑《の》むのがわかった。それは、資金さえ揃《そろ》えば今すぐにでも、という意味をもつ。けれど、生まれて初めて他人へ夢を語った高揚で晃一は気づけずにいた。

「実は、目標額までだいぶ近づいているんだ。結果論だけど、年上の裕福な女性と付き合うのも勉強にはなった。彼女たちは、自身への投資に金を惜しまない。化粧品、美容器具や高級エステサロン、全てが一介の男子高校生には縁がないものだ。でも、彼女たちのお陰で一流に触れられたし、上等な世界を覗かせてもらえた」

「それが……金次第で付き合う、の真相……」

「そうなるな。俺が喜ぶ顔を見て、どんどんエスカレートしていったから」

「…………」

「できるだけ貯金したかったから、正直服や靴はプレゼントされて助かったよ。今はもう、そういう気持ちにはなれないけど。ちょっと前までは、そんな利己的な奴だった」

ひといきにしゃべってから、（幻滅しただろうか）と心配になる。けれど、これが都築晃一という人間だ。そもそも、こういう奴だから五十万で恋人役を引き受けた。

（でも、もうそうじゃない。俺は、まゆらの好きになってくれた俺になりたい）

二人の間に、静かに沈黙が積もっていく。

晃一はふっと視線を床へ落とし、そのまま呆然《ぼうぜん》と目を見開いた。

まゆらが、泣いている。

晃一を見つめる瞳《ひとみ》から、呆《あき》れるほど大きな滴《しずく》がポロポロと零れ落ちている。

綺麗な結晶は、手のひらですくえるのではないかと思われるほど完璧《かんぺき》な球形をし、次々とまゆらの滑《なめ》らかな頬《ほお》を転がり落ちていった。

「まゆら……」

「ご、ごめん。俺、なんか変みたい」

慌てて涙を拭《ぬぐ》おうとして、まゆらは困ったように動きを止めた。晃一に預けた手を、自由にさせてもらえなかったからだ。その間も涙は溢《あふ》れ続け、とうとう彼は俯《うつむ》いた。

「……ごめ……。なんだろ、どっか壊れちゃったかな。なんか、止まんなくなっ……」

「どうした？」

できるだけ優しい声音《こわね》で、晃一は尋ねる。まゆらは首を振り、しばらく黙って泣き続けていた。だが、やがて下を向いたまま消え入りそうな声で小さく呟く。

「違うから……」

「何が？」

「俺、晃一の話に同情したんじゃない。この涙は、自分のためだよ。俺は……そんなにいい人間じゃ……ない……から……最低で……悪い奴だから……」

「どんな悪党でも、俺はまゆらが好きだよ」

なんの気負いもなく、晃一は囁《ささや》いた。悪い奴、という言葉で刺された事件のことが頭を掠《かす》めたが、好きだと伝えるのにひとかけらの迷いもなかった。

「本当だ。俺は、まゆらが好きだよ」

まゆらは驚いたように顔を上げ、一層涙でぐしゃぐしゃになる。

「俺……晃一が、好き……だよ。本当に……好き……」

「わかってるって。だから、俺に金を払ってまで、付き合おうとしたんだろ」

「そ……じゃなくて、話……聞いてたら、本当に好きだって……晃一を、好きになっちゃったって……そう、思ったんだ……」

「どういう意味だ？」

嗚咽《おえつ》が混じって聴き取り難《にく》いが、晃一は妙な違和感を覚える。まるで、最初は晃一のことなど好きではなかったのに、というニュアンスに取れるからだ。

「……俺、思った……んだ。晃一が、NYへ行っちゃったら、遠距離恋愛になっちゃうのか、とか……。バカ、だと思うだろ？　忘れてたんだ、いつの間にか……」

「まゆら……」

「クリスマス来たら、さよならなのに……毎日あんまり楽しくて……忘れてたんだ……」

まゆらの言葉を聞くや否《いな》や、晃一は思い切り彼を抱きしめていた。

「こ……いち……？」

「バカだな、まゆら」

とめどない涙が晃一の胸を濡《ぬ》らし、しがみつくまゆらの体温がじんわりと身体中へ広がっていく。これ以上、彼を泣かせないためには、一体どうしたらいいんだろう。晃一の頭の中は、たちまちそのことでいっぱいになった。

「まゆら……泣くなって……」

「うん……ごめ……」

「謝らなくていいから。ほら、もう泣くな」

ああ、もう少し気の利いたセリフが言えればいいのに。

己の無力さを噛み締めながら、「泣くな」とくり返すことしかできない。そんな自分が、晃一は歯がゆかった。可愛い顔をしていても、まゆらは誰より気丈で勝ち気で元気なはずだ。それなのに、今は抱き締められてただ涙を流している。

「まゆら……好きだよ」

耳元でそっと言い聞かせると、ようやくまゆらが再び顔を上げた。

どしゃ降りでも、瞳の星は変わらず瞬《またた》いている。

「まゆら……――」

どちらからともなく唇が近づき、熱く湿った吐息が交わった。

柔らかな唇を強く吸い上げ、舌先でついばんでいる内に、晃一の身体をじわじわと微熱が這《は》い上っていく。こみ上げる衝動に追われるように、二人は舌を絡め合い、貪《むさぼ》り合った。

「……んん…………」

僅《わず》かな隙間《すきま》から漏れる溜め息は、どちらのものかもわからない。

まゆらの呼吸を逃さず追いかけ、晃一は涙に濡れた唇を思うがまま味わい続けた。

「こう……いち……」

身体を床に押し倒すと、まゆらが濡れた眼差しを向けてくる。まずい、このままでは止まらなくなりそうだ。そんな困惑を感じ取ったのか、彼は誘惑に満ちた両腕をゆっくりと開くと、晃一の身体を温《ぬく》もりに閉じ込めようとした。

「晃一……晃一、大好きだよ……」

「まゆら……」

晃一の頭をかき抱き、まゆらは夢見るようにくり返す。

互いの脚をぎこちなく絡め合い、ぴったり鼓動を重ねると、その唇から熱に浮かされたような艶《なま》めかしい吐息が零れ落ちた。

「背中、大丈夫か？」

声を潜めて尋ねると、微《かす》かに上ずった声音で「……ん」と頷く。それでもできるだけ負担のかからないよう注意しながら、晃一は細い身体を改めて組み敷いた。

「なんか……予想外……」

口づけの隙間から、仄《ほの》かに笑んだ声が漏れる。

「晃一と……こんな風にしてる、とか……」

「俺は、けっこう前から考えてた」

「そ……なの？」

本気でびっくりしたらしく、まゆらは目を見開いた。かりそめでも恋人を務めるのなら、こういう展開はありえるだろうと思っていたが、どうやらそこまで望んではいなかったらしい。なんだよ、俺の方が先走ってたのか、と気恥ずかしくなったが、感激したように抱き付かれたので（まぁ、いいか）と思った。

好きだよ、とまゆらがくり返す。

熱の滲《にじ》んだ潤《うる》んだ声に、晃一の欲望が煽《あお》られる。

はだけた胸元から、華奢《きゃしゃ》な鎖骨が露《あら》わになった。稜線に沿って口づけを埋め、尖《とが》らせた舌で肌を愛撫《あいぶ》する。じわりと体温を上げながら、可愛く身じろぐまゆらが愛しかった。

「あ……ッ……」

滑らかな場所に歯を立てると、ぴくりと全身が甘く震える。

敏感な反応に気を良くして、晃一はそのまま服のボタンに指をかけた。

「は……ぁ……」

強く吸った肌に赤い痕《あと》を残すたび、まゆらの吐息が乱れていく。素肌をもっと味わいたくて、晃一は性急に彼の服を脱がそうとした。

「……だな」

「え……な、何……なんか言った？」

「なんでもない。このシャツ、脱がせやすくていいなって」

「あ、あのなぁ……！」

意地悪な冷やかしに頬を染め、まゆらは身体を起こそうとする。けれど耳たぶを甘噛《あまが》みされるなり、その抵抗はあえなく封じられてしまった。

「……う……ん……」

耳を丁寧にねぶられて、心地好《よ》さそうに喉《のど》を鳴らす。

徐々に首筋へと愛撫をずらしていくと、漏らす声が次第に湿り気を帯びてきた。零れる吐息をおし隠そうとしても、晃一と指を絡めているためそれも叶わない。せめて唇を噛んで堪《こら》えようとしたが、晃一の柔らかなキスであっさりと開かれてしまった。

「や……なんで、そう……邪魔、すんのっ」

「我慢させたくないからに、決まってるだろ」

「……あ、悪趣味……っ」

「ごくまっとうな趣味だよ」

じゃれるような会話の後、シャツを脱がされたまゆらの肌が照明の下に曝《さら》される。

女性の柔らかな肉体とは違う、細くても綺麗に締まった身体だが、どこにも刺し傷などは見当たらなかった。無意識につい目で探してしまった晃一は、小さく安堵の息を漏らす。どんな痕だろうが気にはしないが、まゆらの気持ちを思えば目立たない方がいい。

「へ、変態……何、ジロジロ見てんだよ」

そんな思いなど知らない彼は、羞恥《しゅうち》にかられて攻撃的に睨《にら》んできた。

「ただでさえ、明るくてめっちゃくちゃ恥ずかしいんだからな。少しを気を遣えってば」

「遣ってるだろ、この上なくこまやかに」

「どこがだよ！　大体、ものすごく当たり前に押し倒されてるけど、女役でいいとか言ってないんだぞ。それを、なんかドサクサに紛れていつの間にか……」

「おまえね、そういうこと言うなら、もっと乱暴に扱うぞ」

往生際の悪い相手に、少しばかり脅しをかける。

案の定「乱暴に」という言葉に反応して、まゆらの顔が青くなった。

「なっ、なんで、そういうこと言うんだよ……」

「まゆらが、人を強姦魔《ごうかんま》みたいに言うからだろ。でも、男を抱くのは初めてなんだから多少の不手際は許せよな。こっちは、それなりにプレッシャーもあるし」

「バカ言えっ。ヤられる方が、百倍は度胸がいるんだぞ！」

「……まゆら、百倍好きだな」

クリスマスの演出についての注文を思い出し、思わず笑いがこみ上げる。まゆらは憤然として尚《なお》も何か言いたそうにしたが、唇を素早く舐《な》め上げて黙らせてしまった。

「う……く……こう……い……」

「ここにいるよ」

「……ぁ……あ、ダメ……ダメだって……」

肌のあちこちに口づけるたびに、身体が快感に震え、切なく吐息が零れていく。

背中に回された指が甘く制服を掻《か》き乱し、晃一をますます煽っていった。

「……う……ふっ……」

下肢《かし》に指を潜り込ませた途端、明らかにトーンの違う声がまゆらの唇から溢れ出る。艶《つや》を含んだ溜め息は、ぞくぞくする音色となって晃一の鼓膜を刺激した。

「あ……！　だ、だめ……だ……めっ」

激しくかぶりを振って、まゆらは脱ぎ捨てたシャツに顔を埋《うず》める。快楽に染まった表情を見せまいと、懸命に振る舞う仕草が可愛かった。

服に隠れた唇を捜し当て、晃一は優しく口づける。そうしてまゆら自身に指を這わせ、慈しむように愛撫し始めた。

「なん……で。晃一は……」

「いいから」

「よ、よくない……だろ……っ」

一方的な愛され方に、まゆらは戸惑いを露わにする。

だが、晃一はただ彼を愛したかった。

自分の舌や唇や指先で、まゆらを傷つけることなく貪りたい。

翻弄《ほんろう》し、快感で揺さぶり、枯れるほど声を上げさせたかった。

「ぁあ……っ……晃一、あ……」

手のひらで柔らかく下半身を包み込み、晃一は緩やかに指を上下に滑らせていく。

まゆらが堪え切れずに手を伸ばし、二の腕を強く摑《つか》んできた。上気した肌はうっすらと汗ばみ始め、喘ぎに喉が上下する。指の動きに合わせて胸の先端をついばむと、一際手の中で欲望が熱くなった。

「やだ……っ……だ、だめ……晃一、も……っ」

「まゆら、気持ちいい？　良かったら、俺の名前もっと呼んで。まゆらの声、好きだ……」

「すき……って、声……だ……けっ……？」

目の端に涙を滲ませながら、まだ減らず口を叩いている。

晃一は指に少しだけ力を加え、少しずつ動きを早めていった。

「は……ぁあっ……あ……あ……！」

「まゆら……まゆら」

「晃一……好き……だよ……っ」

「まゆら……」

「あ……！　あああ……っ！」

爪を晃一の腕に食い込ませ、細い身体が反り返る。次の瞬間、絶頂に達したまゆらは全ての情熱を解放し、ぐったりと晃一の腕にその身をなだれ込ませた。

重ねた胸を通して、まゆらの鼓動が自分のもののように響く。

二人がひとつの生き物になったようで、晃一は幸福な気分に浸った。

「まゆら……大丈夫か？」

「……うるさいよ」

愛撫を受けて達せられただけなので、非常に気恥ずかしいらしい。まゆらは耳まで赤くなりながら、恨みがましく晃一を睨みつけてくる。

「男を抱く勇気がないからって、逃げを打ちやがって。さっきと言ってることが違うじゃないか」

「え、だって、無理だろ」

「何が？」

「準備もなしで、いきなり本番はできないって話だよ。男同士なんだから」

「…………」

一応、前に調べたことがあるので、晃一は普通にそう言い返した。しかし、羞恥に震えるまゆらには逆効果だったらしく、「だったら、次は俺がやる！　俺が晃一をいかせる！」とムキになって喚《わめ》き出す。それをなんとか宥《なだ》めつつ、起き上がった彼をぎゅっと抱き締めた。

「じゃあ、次はちゃんと準備してホテル行こう」

「な、なんで話がそういう……」

「お姉さんのベッド、使うわけにはいかないだろ」

もっともな意見にぐうの音も出ず、ようやくまゆらはおとなしくなる。しかし、まだ不本意な気持ちが強いのか、ぐりぐり額《ひたい》を胸に押し付けてきた。

「なぁ、ひとつ訊《き》いておきたいんだけど」

「何だ？」

「俺だと勃《た》たないから、しなかった……わけじゃないよな？」

「え……？」

真剣な瞳が、真っ直ぐ晃一に向けられる。まゆらが何を気に病んでいるのか、晃一はようやく理解した。相手の状態を慮《おもんぱか》って堪えたつもりが、逆に心配させてしまったようだ。

「バカ、そんなわけないだろ。俺はただ……」

「ただ？」

「……箍《たが》を外したら止まんなくなると思ったんだ。そうしたら、絶対まゆらの身体を傷つけるから。その辺、俺も加減がわかんないのに無茶させられないだろ」

「…………」

「それに、今日はいいんだよ」

まだ少し不安を残しているまゆらへ、額をこつんと当てて晃一は言った。

「まゆら、泣いてたからさ。優しくしたかったんだ。でも、ただ抱き締めるだけじゃ足らない気がした。余計なこと、考えられないようにさせたかった」

「晃一……」

「突然、俺が留学の話なんかしたからだよな。ごめん。あのな、そのことだけど……」

「い、いいから！　今は話さなくていい！」

「いや、でもさ」

「いいって！」

慌てたように遮られ、仕方なく途中で口を閉じる。

確かにこの場で何か伝えたとしても、勢いに任せてと受け取られるかもしれなかった。

（つくづく、今日はタイミングが悪いな）

放課後、遠藤に呼び止められたことから端を発し、待ち合わせには遅れるわ、まゆらを泣かせてしまうわ、告白はしそびれるわ、と溜め息が出そうになる。それでも、こうして触れ合うことはできたのだから、そこで満足しておくべきかもしれない。

（そうだよな。時間はまだ残っている。お互いの気持ちさえわかっていれば、クリスマスの先も俺たちは一緒に過ごせるんだ。大丈夫、焦る必要なんかない。もし留学が決まっても、まゆらさえ了承してくれたら遠距離だって頑張れるし）

未来への希望を描いて自身を鼓舞し、まゆらを抱く腕に力を込めた。再び俯かれて表情はよく見えなかったが、機嫌の良い猫のように擦り寄られて安堵する。

（あれ……？）

ふと、右のこめかみ付近に傷があるのが目に留まり、晃一はドキッとした。

こんな傷、あったっけ。

嫌な感じに胸がざわつき、まゆらにシャンプーをした時のことを思い出そうとする。けれど、あの時は大きな目に釘付《くぎづ》けで他の部分は曖昧《あいまい》にしか覚えていなかった。

まして、普段は髪に隠れている場所なら尚更だ。

『付き合ってた女に、刺されたことあるって……』

遠藤の言葉が、再び耳に蘇る。

「……あのさぁ、晃一。俺……」

不意に、まゆらが下を向いたままくぐもった声を出した。

だが、傷から目が離せない晃一は半分上の空だ。

そのため、まゆらが続けて口にした言葉を正しく聴き取ることができなかった。

5

「畜生、なんなんだよ……」

無情にあしらわれたインターフォンに向かって、晃一は思わず毒づいた。

しかし、向こうからはうんともすんとも聞こえてこず、絶望的な気分で諦《あきら》める。のろのろ歩き出しながら、重くなった足にウンザリと溜め息をついたが、すでに今日で三日も同じようなことをくり返していた。

「まゆら……」

いくら名前を呼んでも、答えてくれる声はない。

まゆらに触れた翌日から、ふっつりと連絡が取れなくなったからだ。

携帯の電源を切っているらしく、いくらかけても繋《つな》がらない。いつもの喫茶店にも顔を出しているが、店主は来ていないと首を振るばかりだ。もちろんS校へも訪ねてみたのだがすでに冬休みに入っており、遠藤のカノジョに頼んで何とか調べてもらった住所には引っ越ししたのか違う名前の表札がかかっていた。なんでも、刃傷事件が起きた際にネットで住所と実名が暴露され、移転を余儀なくされたらしい。

「まゆら……どこ行っちゃったんだよ……」

まさか、こんな事態になるなんて夢にも思っていなかった。

携帯電話以外に、まゆらと連絡を取る術《すべ》は何もない。いつぞや連れて行ってもらった水槽のビルも父親の勤め先だとは聞いていたが、入っているテナントのどれかも知らなかった。もちろん、水槽の持ち主にも連絡を取ろうと試みたが、見知らぬ高校生の話だけであっさり個人情報を教えてくれるはずもない。

思いつく限りの方法が全部徒労に終わり、晃一は愕然《がくぜん》とした。期間限定とはいえ恋人を務めていたくせに、自分はなんて呑気《のんき》で迂闊《うかつ》だったのだろう。

いつでもまゆらは近くにいて、愛情を目一杯振り注いできた。それが日常になっていたため、おめでたいことに彼を失う想像すらしていなかったのだ。

（いや、待てって。落ち着け。まだ、あいつを失ったってわけじゃないんだから……）

悲観しがちな心を宥め、まゆらの面影を求めてもう一度マンションを振り返る。

携帯電話も学校も名簿もダメで、最後の手掛かりはまゆらと初めて肌を合わせた、彼の姉が住むというこのマンションだけだった。それなのに、ありえない一言で希望はあっさりと打ち砕かれてしまったのだ。

『まゆら？　弟？　そんな人、知らないわ』

エントランスのインターフォンから聞こえてきたのは、はしゃいでいたまゆらとは対照的につっけんどんな女性の声だった。そんなはずはない、と晃一は何度も粘ってみたのだが、しまいには警察を呼ぶとまで言われては引き下がらざるを得なかった。

「なんなんだよ、これ。教えろよ、まゆら。一体、何がどうなったっていうんだ……」

マンションの外観を仰ぎ見て、晃一は疲れ切った声を出す。まゆらを抱きしめたのはほんの数日前のことなのに、遠い幻でも見ていたようだ。

「まゆら……」

何が起こったのかもわからないまま、晃一はまゆらの名前を唇に浮かべる。

突然現れて、また消えてしまった。その後は、一切が謎《なぞ》に包まれたままだ。

「頼むよ、まゆら。どこにいるんだよ……」

もっと真剣に、まゆらを見つめれば良かった。

彼に触れた時、その目は不安を訴えていたのだ。晃一の名前を呼び、背中にしがみつき、何かから逃げるような切なさで抱かれていた。それを、初めて愛し合う緊張からだと単純に思い込んでいた。

『クリスマス来たら、さよならなのに……毎日あんまり楽しくて……忘れてたんだ……』

まゆらの泣き顔を、痛む胸を押さえて思い出す。

あんなセリフを言いながら、どうして自分から消えてしまったのだろう。

(もしかして、事故にでも遭ったんじゃないだろうな)

あえて考えないようにしていたが、その可能性にぞっとした。まゆらの身にもしものことがあったら、この先の人生を笑って過ごすことができるだろうか。

約束のクリスマスは、すぐそこまで迫っている。

さよならも言わないで契約切れになるなんて、そんなの納得できるわけがない。

「――くそ」

晃一は拳《こぶし》を握りしめると、意を決して再びマンションへ戻った。

しかし、何度尋ねようが相手の答えは同じで、しまいにはベルを押しても応答すらしなくなってしまう。マンションの住人が帰宅するのを待って潜り込み、部屋まで押しかけようかとまで思い詰めたが、本当に警察に通報されかねないので無理だった。

(まゆら……まゆら――!)

晃一の叫びは、空《むな》しく冬空へ吸い込まれる。

まるで初めから存在しなかったように、まゆらは晃一の前から姿を消してしまった――。

クリスマスイブは例年通り、バイト先のヘアサロンも多くのお客で賑《にぎ》わった。

皆、装いを凝らして夜のデートに出かける人々だ。今年はクリスマス当日に休みをもらっていたため、その分も晃一はクタクタになるまで働いた。

けれど、せっかくもぎとった休みも無為に終わってしまいそうだ。僅かな奇跡を信じてまゆらの来店を待ってみたが、神様もそんなに簡単に願いを叶えてはくれなかった。

「若林さん、俺、そろそろ上がりますね。お疲れ様でした」

「おう、お疲れさん。あ、ロッカールームに差し入れのケーキがあるぞ。もう他のスタッフはみんな帰っちゃったし、おまえ全部食っちゃえよ」

「俺はいいです。Merryって気分でもないんで」

「晃一ぃ……って、ちょ、ちょっと待った！」

無気力な顔で着替えに行こうとした晃一を、血相を変えた若林が引き止める。虚《うつ》ろな眼差しを彼に向けると、右手に持っていったドライヤーを乱暴に奪われた。

「あ……」

「おまえ、こんなもん持ってどうする気だったんだよ。ボーッとして大丈夫か？」

「いえ、その、すみません。片付けようと思って忘れていました」

「昨日は、店のエプロン着けたまま帰ろうとしたよな？　宣伝してくれるのは有難いけど、この時期じゃサンタの大群に埋もれて効果ないぞ」

「……ですね」

弱々しく笑ったら、盛大な溜め息が返ってくる。ここ数日、晃一の様子がおかしいのは若林もとっくに承知しているが、この状態がずっと続くとなると話は別だからだ。彼には、死んだ親友の代わりに晃一の面倒をみなければという決意がある。

「あのな、晃一……」

「あ、そうだ。俺、来年の春から留学することにしたんです」

「へ？」

急に思い出したように報告をしたので、若林はポカンと口を開ける。

だが、これは本当のことだった。このタイミングで、と晃一自身も面食らったが、思ったよりも早く夢の実現に一歩を踏み出せそうなのだ。

「前から相談していたNYのメイク学校への留学費用、貯金がもうすぐ目標額になりそうなんです。だから、申し訳ないんですがここのアルバイトも三月までお願いします」

「えっ？　でも、おまえ貯金始めてまだ三年だろ？　バイトだけでよくそこまで……」

「ここと コンビニ、あと親から出世払いで借金もしましたけどね。お陰で学費はどうにかなりそうです。実はつい先日親にその話をされて、向こうでの生活費に兄が遺してくれた軍資金を使えと言ってくれたんですよ」

「本当か？　じゃあ、ご両親もやっと留学を認めてくれたんだな？」

はい、と頷くと、若林が「やったな！」と我が事のように表情を輝かせた。

兄が亡くなったこともあって、晃一が同じ道を歩くのを親はずっと反対していたのだが、若林の後押しや晃一自身の粘り強い説得が功を奏してついにお許しが出たのだ。

（しかも、まゆらを泣かせた日の夜だったんだよな。だから、すぐ伝えたかったんだけど）

ありがとうございます、と笑顔で若林に礼を言いながら、胸がまた苦しさを増す。

ひとつ道が開けた喜びを、誰より早くまゆらへ話したかった。そうして、改めてちゃんと告白の段取りをつけ、留学して遠距離になっても付き合いたい、と言うつもりだった。

（でも、携帯が繋がらなくて……何度電話をかけてもダメで……）

この数日間、晃一の胸は後悔で何度も潰《つぶ》れそうになっている。

もっと早く好きだと自覚していれば、さっさと五十万を返金していれば――いちいち考え出したらキリがない。そうやって、自分を責め続けて過ごしたのだ。

「おいおい、せっかく念願叶ったっていうのに、なんか暗いなぁ」

事情を知らない若林は、晃一の沈んだ様子に怪訝な顔をする。

「あ、もしかして例の男子高校生か？　確か、約束は明日のクリスマスまでだったよな。まさか、別れたくないってごねられてるのか？」

「いえ……違います」

むしろ、その反対だ。

初めは追いかけられていたのに、今はこっちが追いかけている。

「なんか、期日が来る前に振られちゃったみたいで」

「振る？　あの子がおまえを？」

「連絡取れないし。お金、返そうと思ってるんですけど……」

「晃一……」

情けないが、冷静さを取り繕うのに精一杯だった。それでも表情が強張るのは自分でもわかったし、若林の視線から一刻も早く逃れたくなる。言葉にしたことで、まゆらが消えたのは現実なんだと認めてしまった気がした。

「変な話をして、すみません。俺、もう行きます。お疲れさ……」

「こんばんは」

話の途中で店のドアが開き、人の声と入ってくる足音がする。とっくに看板は引っ込めてあるのに、と若林がウンザリ気味に嘆息し、愛想笑いを作ってそちらへ向き直った。

「すみません、今夜はもう閉店なんですが」

「わかってるわ。晃一に用事があるから、わざわざ閉店まで待っていたんだもの」

「あ、先日の……」

相手の顔を見るなり、若林が絶句する。晃一が完璧に別れたはずの26番だったからだ。よりによって、クリスマスイブに何の用事だと言うのだろう。

警戒する晃一や若林をよそに、彼女は愉快そうに微笑んだ。

「どうしたの、晃一。ずいぶん寝ぼけた顔になっちゃってるわね」

「……何しに来たんだよ」

「そんなに睨まないで。別に、あなたを誘いに来たわけじゃないから。でも、少し意外だったわ。けっこう冷めた子だと思っていたけど、そういう情けない顔も持っているんじゃないの。やっぱり、この間のクリスマスツリーみたいな子の影響？」

「玲奈《れな》、頼むから……」

久しぶりに、彼女の名前を口にした。高遠《たかとお》玲奈。ひと回り年上のジュエリーデザイナー。マニキュアの品番ではなく、晃一は一人の女性として彼女を見つめ返す。玲奈は綺麗で自立していて、惜しみなく自分に金を使ってくれた。

でも、一番好きだったところはそこじゃない。

「あなたのそういう顔、見られて凄《すご》く満足。サンタは本当にいるのね」

——その率直さだ。

「ふふっ、ごめんなさい。意地悪言っちゃった。でも、いいわよね。未練がましくバイト先に押しかけたら、次の恋人は男の子です、なんて真顔で言われたんだもの。あのショックに比べたら、大したダメージでもないでしょ」

「いや、勘弁して。もう充分傷ついているし」

「察するところ、クリスマスを前に振られちゃったのかしら」

「…………」

「しょうがないわね、本当に。でも、そういう顔を見せてくれたから、もういいわ」

「玲奈……？」

まったく話の意図が読めず、不可解な思いが膨らんでいく。一体、彼女の来訪は何が目的なのだろう。言うまでもなく、イブの夜に再び別れた男を訪ねて来るなんて不毛すぎる。まして、傷心の顔を見て満足なんてありえないほど悪趣味だ。

「クリスマスだもの。年に一度くらい、あたしだっていい人になりたいのよ」

思い切り不審が顔に出ていたのか、玲奈はそう言って真面目な顔になった。

「特に……晃一、あなたに対してはね。愛情をお金でしか表現できないなんて、そんな情けない女で終わりたくないじゃない」

「俺、そんな風に思ってないよ。少なくとも、今は全然そうは思わない」

「ありがとう。……やっぱり、本当に変わっちゃったのね。もう、私の知っている晃一じゃなくなっちゃったんだわ。でも、良かった。それなら、彼女を連れて来た甲斐《かい》があるわ」

「彼女？　誰のことだ？」

「ねぇ、もういいわよ。こっちにいらっしゃいよ」

言いたいことを全部まくしたて、さばさばと彼女は声を張り上げた。え、と思っている間にドアが開き、遠慮がちに新たな女性が入ってくる。

「こ……こんばんは……」

おずおずと挨拶《あいさつ》をされ、どこかで見た顔だな……とボンヤリ思った。直後に「あ！」と若林が声を上げ、つられて記憶がはっきりする。

「佐倉《さくら》さん……！」

「まったく薄情な人たちね。かつてのお得意様なのに、ずいぶん反応が遅いじゃないの。ホント、失礼な奴らだわ。ねぇ、佐倉さん」

同情たっぷりな眼差しで、玲奈は緊張気味の彼女に話しかける。

『佐倉さん、カットの予約キャンセルしてきたぞ』

唐突に、記憶の底から一連のやり取りが蘇った。

『ちょ、ちょっと待ってくださいよ。俺、何も……』

『客には悪さをするなとあれほど……』

そうだ、あれは玲奈と別れ話をして、まゆらが初めて来店してきた日のことだった。若林が眉を顰めて、「店の客に手を出してないか」と晃一に訊いてきたのだ。

「佐倉さん……どうして玲奈と……」

あれきり顔を見せなくなった常連の登場に、晃一も若林も呆然とするばかりだ。

「あのね、晃一。佐倉さんが、あなたに話があるんですって」

「俺に話？　でも、なんの……」

「まゆらって男の子のことよ。あなたが、〝恋人だ〟って言っていた子。それとも、お金はもうもらってるし、彼のことはどうでも良くなったのかしら？」

「どうして、それを……！」

まゆら、という名前に顔色を変えたのを見て、彼女は毒気を抜かれたように嘆息した。

「いいわね、そういう顔。たった一人の存在しか、眼中にないって書いてあるわ。もう、相手が同性でも異性でも、晃一にとってはどうでもいいことなのね」

「……うん」

玲奈の目を見て、しっかりと肯定する。

まゆらが男でも女でも、そんなのはどうでもいい。

今なら、誰を前にしても断言できた。

「よくわかったわ」

思わぬ迫力に、些《いささ》か気圧《けお》された様子で玲奈が微笑《ほほえ》む。

「じゃあ、佐倉さんも、もう気が済んだわよね。あなた、結局は最初の思惑通り、晃一を他の女から遠ざけることに成功したんだから」

「……ええ」

「え……？」

「満足です。……というより……ごめんなさいっ」

「え……えええええっ？」

深々と頭を下げる佐倉に、晃一は混乱の極みに突き落とされた。

午後十一時ジャスト。

公園の中央に設置された背の高い時計塔を見上げて、晃一は白い息を吐き出す。

クリスマス終了まで、あと一時間。

まゆらとの恋人期間も、いよいよカウントダウンに入っている。

「でも、まだ一時間ある……」

そう呟いて己を励ますものの、時計の真下に佇《たたず》んでから、かれこれ二時間が過ぎようとしていた。身体はすっかり冷え切って、指先はもう感覚がなくなっている。それでも、ここからよそへは動けない。少なくとも、まゆらの恋人でいる間は。

「……こんなクリスマス、初めてだよ」

足踏みして寒さを紛らわせながら、晃一はしみじみしてしまう。

去年の今頃は豪華な夕食をたいらげて、当時のカノジョとジェットバスにつかってシャンパンを飲ませてもらっていた。目の覚めた今なら『黒歴史』に思えるが、バスに浸かりながら飲む冷えたシャンパンは本当に美味しいことを晃一は学んだ。上等な環境や演出が、どれだけお互いの気分を高まらせるのかも。

けれど、どんなに素晴らしい小道具が揃っていようと、そこに好きな相手がいなければ意味はなかった。その空しさを晃一は味わったし、二度とくり返したくないと思っている。

だから、今夜は待つつもりだった。

必ずまゆらは来てくれる。それだけを信じることにした。

「あいつもバカだよなぁ……」

クリスマスの深夜、人気《ひとけ》のない小さな公園で待ち惚《ぼう》けを食らっている男に、誰もバカとは言われたくないだろう。だが、晃一は再び誰もいない空間に向かって「バーカ」と毒づき、仕返しのように大きなくしゃみに二回も見舞われた。

「くそ……風邪ひきそう……」

両腕を組んで隙間をなくし、せめてもの暖を取ろうとする。玲奈たちが本当に約束を守ってくれてるなら、まゆらはとっくに来てもいい頃なのに、寂《さび》れた児童公園には相変わらず誰もやってくる気配はなかった。

『今回のことは、全部私が始めたんです』
玲奈の連れて来た女性——佐倉教子《きょうこ》は、そう言って深く項垂《うなだ》れた。

『私が、まゆらくんをけしかけました。五十万円とマンションを提供して、晃一くんをその気にさせてから振ってしまえって』

今夜、この店に来ると決めた時から打ち明ける覚悟はしていた、と彼女は言う。何もかも正直に話すことが、自分にできる唯一の償いだから、と。

それでも、かなりの勇気を振り絞っているのだろう。青ざめた顔で話し始めた教子を、晃一は少しも責める気にはなれなかった。それより、一刻も早く真実が知りたいと気が逸《はや》る。そこから、まゆらへの繋がりが摑めるかもしれないからだ。

『私、お店に通っている頃からずっと晃一くんのことが好きだった。でも、勇気がなくてなかなか声がかけられなかったの。だけど、ある時頑張って話しかけたら、とても優しく相手してくれて……仕事だからってわかってたけど、嬉しかった……』

『佐倉さん……』

晃一には社交辞令にしか過ぎない笑顔も、彼女には特別なものだった。

けれど、すぐに教子は気が付いてしまう。晃一が見るからにゴージャスで華やかな女性としかプライベートを分かち合わず、普通のＯＬに過ぎない自分はまったく眼中にないことを。

それは、自分の存在そのものを否定されたようなショックを彼女に与えた。

『晃一くんに恋人がいるのは、別に良かったんです。私は地味だし、どうせ片想いだからって。もちろん、付き合えるなんて考えてもいなかった。でも、晃一くんを想う気持ちがお金に負けているのだけは……許せませんでした』

『佐倉さんは一時期、私をストーカーまがいにつけまわしたことがあったのよ。晃一には言わなかったけど、あなたに気がある子なんだなってすぐにピンときたわ。だから、わざわざ事を荒だてないようにしたの。だって、同じ女だもの。気持ちはわかるじゃない』

『玲奈、それ本当か？』

驚く晃一に、玲奈はくすりと強気な笑みを見せる。

『こんなの、ちょっと目立つ男と付き合っていれば普通にあることよ。それに、一ヵ月もしたら彼女も姿を見せなくなったしね。それが……』

『ついこの間、街で私がまゆらくんといるところを、玲奈さんに見られちゃったんです』

『あの子も、晃一とは別のタイプで目を惹《ひ》くじゃない？　それより何より、ここで見かけたばかりだったしね。それが、なんでストーカーと……あ、ごめんなさい』

『いいえ、いいんです。事実ですから』

うっかり口を滑らせた玲奈に、教子は苦笑いで首を振った。

『失礼ついでに白状しちゃうと、最初はまゆらくんが付き纏われているのかと思ったの。ほら、私に嫉妬《しっと》していた時みたいに。それで、ちょっと心配になって様子を窺ってみたのよ。そうしたら、〝お金がどうした〟とか〝もうやめる〟とか、なんだか不穏な話をしているじゃないの。最後には、まゆらくんが強引に封筒を彼女に押しつけて、そのまま逃げるように走っていっちゃって……。それで、私も思い切って彼女へ声をかけてみたわけ。一体、何企んでいるのよって』

『……もう潮時だって、その時に思ったんです。まゆらくん、小学校からの貯金を全部おろしたって言って、私に五十万返してきて。それで、お金は返すからもう計画から降ろさせてほしいって。これ以上、晃一くんに嘘をつけなくなったからって……』

『ちょっと……ちょっと待ってくれ』

予想外の展開が次々と繰り広げられ、晃一はパニック寸前だ。

要するに、まゆらが告白してきたのも、以前から好きだったと言ったのも、あれは全部仕組まれたお芝居だったのだ。しかも、裏で糸を引いていたのは教子だった。理由は、晃一に相手にされなかったから。よし、ここまではわかる。騙されていたのはショックだし、正直気持ちの整理がつかないが、始まりが嘘なら全ての合点がいく。

（〝本当に〟好きになっちゃったって、そういう意味だったのか……）

初めから愛情全開だったのも、惜しげもなく好意を示してくれたのも、晃一を少しでも早く落とすためだ。期間限定にしたのは、闇雲《やみくも》に告白したところで男では相手にされないと見越した捨て身の作戦だろう。

（そうだとしても、あいつ凄い自信だよな。普通、ゲイでもない男を男が落とすって並大抵のことじゃないと思うぞ。ほんと、勝ち気なまゆららしいって言うか……）

不思議なほど、腹が立たなかった。むしろ、真実がわかってホッとしている。良かった、事故なんかじゃなくて。

嫌われたり、愛想を尽かされたりしたのが理由じゃなくて本当に良かった。

『あの子もバカよねぇ。佐倉さんにお金返した時、もう晃一には会わないからって言ったそうよ。今まで騙していたことを、どう謝ったらいいのかわからないって』

『まゆらが、そんなことを……』

『〝ごめんなさい〟の一言も言えなくて、よく十七年間も生きてこられたもんだわ』

微妙に論旨のズレた発言をして、彼女は教子に視線を移す。

『気の毒にね。あなたの愛情は、少し歪んだ方向に行ってしまっていたのね』

『私……ただの失恋なら、こんなに晃一くんを恨まなかったかもしれない、と思うんです。でも、お金がないだけで恋愛対象にされなかった、そう思い込んだから、まるで自分の存在価値をお金に換算されたような屈辱的な気分になったの……』

それから、教子はこれまでの経緯を告白し始めた。

まゆらと知り合ったのは、彼が晃一の前に現れる一週間前だったこと。

場所は熱帯魚のビルで、教子の上司がオーナーだったこと。

『あの部屋は、私の上司が個人的な趣味として使用しているんです。時々、私は部屋の掃除を頼まれていました。それで、あの日もたまたま……』

帰りのエレベーターで、教子は父親の会社を訪れていたまゆらと乗り合わせた。その時、同乗していたサラリーマンの携帯が鳴り、彼は電話に出るなりこう名乗ったのだ。

『はい、都築です』

『都築……』

その名前を聞いた瞬間、彼女とまゆらは同時に唇を動かしていた。

『なんだか滑稽《こっけい》なんだけど、私たち二人とも〝都築〟って名前に過敏になっていたのね。それがきっかけで何となく話をしていたら、偶然にも同一人物だってわかって。おまけに、まゆらくんにも晃一くんを恨めしく思う理由があったの』

『え……』

どういうことだ、と狼狽する晃一へ、教子は申し訳なさそうに眉根《まゆね》を寄せた。

『……ごめんなさい。本当に、単なる逆恨みだってわかっているの。だけど、あの時の私たちにはあなたを恨む以外に気持ちの持っていきようがなかった……』

『あ、や、でも、俺にはなんのことか』

『まゆらくん、あなたの元カノに傷をつけられたのよ』

『…………』

一瞬、息が止まりそうになった。

蒼白《そうはく》になった晃一へ、彼女は慌てて詳しい事情を話し出す。それによると、遠藤が言っていた通り、まゆらが刺されたという話は半分だけ本当だった。

　彼のこめかみに傷をつけたのは、かつて晃一が付き合っていた女性の内の一人だという。名前を言われれば「ああ」と思うが、つまりはその程度の思い入れしかない。だが、相手の方は晃一との別れにかなりダメージを受けていたらしく、淋しさを紛らわせようとクラブで見かけたまゆらに声をかけた。ところが、まったくなびいてもらえなかったようだ。

『あんまりしつこくされたんで、頭にきたってまゆらくん言っていたわ。最後には、年上は趣味じゃないとか、少しきついこと言っちゃったんですって。もともと神経がまいっていた彼女は、それが引き金になって逆上してね、グラスを割った破片で襲いかかったの』

『…………』

『周りの人間がすぐ止めたから、幸い数針縫う程度で済んだけど。その時、彼女は錯乱していて、あなたの名前を呼んでいたそうよ。都築晃一、都築晃一って』

　その事件の後、まゆらは『都築晃一』が近くの街に住んでいて、年上の女性に貢がれて遊んでいる、という良からぬ風評を耳にした。

『私たちは、結託してあれこれ相談を始めたわ。晃一くんから女性を引き離せないか、なんとか傷つける方法はないかって。そうしたら、何かの拍子にまゆらくんが〝自分なら男だって落とせる〟って言い出して……。初めは冗談のつもりだったんだけど、考えてみればゲイなんて噂になったら女性は近づかなくなるでしょう？　それに、まゆらくんは確かに可愛い顔をしているから、それまでにも何人か同性で迫ってきた人はいたらしいの』

『だからって……』

『それ、いいじゃないってけしかけたら、まゆらくん、凄く計画に乗り気になってくれたわ。事件の影響で嫌な噂が広まって、ネットに住所氏名が出されたって怒ってた。それまで派手に遊んでいたから、彼を苦々しく思っていた連中の仕業だったみたい。そういう怒りまで、全部晃一くんに向かっちゃったのね。ついには、クリスマスまでに必ず晃一くんを本気にさせてみせるって言い出したの。それなのに、突然〝もう降りる〟って……〝毎日が辛い〟って泣いて言ったの』

話している間に、教子の目にうっすらと涙が滲んでくる。

茫然《ぼうぜん》自失で聞いていた晃一は、彼女にかける言葉すら浮かんでこなかった。

『……まゆらくんがお金を返すからって、そう言った時の表情を見て、私もようやく目が覚めた。人の心を騙して傷つけようなんて、お金が絡むよりもっと質《たち》が悪いんだって。玲奈さんに聞いたけど、晃一くんは付き合う女性に正直でいたでしょう？　相手も、あなたがお金のかかる子だって承知で付き合った。それは悲しい関係だけど、少なくとも嘘はないわ。私、自分が恥ずかしい。ごめんなさい……本当にごめんなさい……』

教子は嗚咽混じりに、何度も「ごめんなさい」と謝り続ける。誰も責めていないのに、いつまでもいつまでも、そうして彼女は泣いていた。

だが、やっぱり一番の罪は自分にあると晃一は思う。

常連で会話を交わしたことまであるにも拘《かかわ》らず、教子の顔をろくに覚えていなかった。恋した相手がそこまで薄情な人間だったら、好きな分も恨めしさは募るだろう。

だから、これは身から出た錆《さび》と思うしかなかった。

『私、まゆらくんに連絡をしてみる』

最後に、教子はそう言ってくれた。

『晃一くんからの電話に出ないなら、私がメッセージを伝えるわ。明日のクリスマス、必ず会えるようにするから。だから……私が言うのも変だけど頑張って』

『佐倉さん……』

『私だって、勇気を出して直接晃一くんに謝ったんだもの。そう言えば、まゆらくんも逃げてはいられないはずよ。彼、もともと真っ直ぐな子だから』

『……ありがとう』

感激のあまり思わず彼女の手を取って、ぎゅっときつく握り締める。

教子は赤くなって狼狽していたが、やがて『その言葉だけで、素敵なクリスマスになったわ』と明るく笑ってくれた。

「うわ、あと三十分かよ……」

いよいよ、マジでやばいかな。

不意に、晃一の胸に弱気が忍び寄ってきた。

もしまゆらが来なければ、それは失恋を意味するだろう。彼にはやり直すつもりはなく、紆余《うよ》曲折はあったにせよ、結果的に作戦は成功したことになるのだ。

だけど、今更誰がそれを望んでいるというのか。

「畜生〜寒いぞぉ〜」

景気づけに声を張り上げると、カップルがくすくすと笑って通り過ぎていった。恋人に待ち惚けを食らって、自棄《やけ》になっていると思ったのだろう。当たらずとも遠からずだが、モテ人生を送ってきた晃一には、かなり新鮮な経験だった。

時計塔の針は、無情に時を刻んでいく。

十二時まで十分を切り、もう本当にダメなのかと悲しくなった——その時。

「え……」

顔は暗くて判別できないが、小柄な人影がこちらに走ってきた。寒さのあまり幻覚が見えてやしないかと半信半疑になりながら、祈るような気持ちで見つめ続ける。

どうかどうか、あれがまゆらでありますように。

大好きで大事な、俺の恋人でありますように。

「……ち、……こ……いち……！」

「まゆら？　……まゆら！」

「晃一！　晃一、ごめん！」

声と同時に、まゆらが腕に飛び込んできた。夜道を走り通して来たのか、この寒空にうっすらと汗をかき、しばらくはゼェゼェ言うばかりで話すこともままならない。

「おまえ、今までどうして……いや、そんなこと今はいいか。あのさ……」

「ご……めん……。だって、佐倉……さんの、晃一が待ってるって留守録、気が付いたのがつい……さっきで……そんで、俺……びっくり……して」

「さっき？　嘘だろ？」

「俺……携帯の、電源……ずっと切ってて……。でも、今日は、約束のクリスマス……じゃん？　もしかして晃一が電話……くれるかも、なんて……。とうとう、我慢できなくて、十分くらい前にやっと……オンにしたんだ……佐倉さん、半泣き……」

「わかった、わかった。いいよ、もうしゃべんなくて。ありがとうな、来てくれて」

「晃一……ごめ……俺……」

「嬉しいよ。俺、すっごく嬉しいから」

伝わるといいと願いつつ、晃一はまゆらを抱き締める。慌てて飛び出してきたらしく、彼

はコートも着ていなかった。

「まゆら……まゆら、俺な……」

「うん」

「俺、どうしても今日はおまえに会わなくちゃって思ったんだ。昨日、店に佐倉さんと俺の元カノが二人してやって来て、全部話してくれたんだよ。そんで、佐倉さんがまゆらへの伝言を預かってくれて〝必ず会わせてあげる〟って言ってくれたんだけど……おまえ、なかなか来ないからハラハラしたよ」

「ごめん……」

少しずつ息を整えながら、まゆらはやっと晃一を見た。

覚悟を秘めた眼差しは、いつになく悲壮な色を浮かべている。

「いろいろ、ごめん。晃一のこと、俺、騙して……」

「別に、騙してなんかいないだろ」

「え……？」

「だって、おまえ俺のことちゃんと好きだよな？　きっかけはどうあれ、今の気持ちが本物ならもうそれでいい。俺だって、人のことどうこう言えるほど綺麗な人間じゃないし」

「晃一……」

「俺の方こそ、悪かったよ。順序がどうとかこだわってないで、もっと早く〝好きだ〟って言えば良かった。お金なんかいらない、俺の本当の恋人になってくれって」

「す……きって……」

まゆらに想いを告げるのは、これが二回目だ。

けれど、あの時の彼は泣いていて、二人の間には隠し事があった。後ろめたさや小さな嘘が、「好き」の一言にいっぱいくっついていた。

でも、今度は違う。

伝える晃一にも受け止めるまゆらにも、〝好き〟はただひたすら〝好き〟だ。

「晃一、俺のこと……本当に……？」

「好きだよ」

これ以上ないくらい瞳を大きくして、まゆらは呆然と言葉をなくした。

まだ息は荒く、胸が何度も浅い呼吸をくり返している。沈黙の中、彼の漏らす速い息だけがどんどん夜に吸い込まれていった。

「ああ、もうこんなに汗かいて……」

晃一は、苦笑して彼の髪にそっと触れる。

よく注意して見なければ気づかないが、その下には確かに傷痕があった。

「俺、きっとこれを見るたびに胸が痛むな……」

「別に、晃一のせいじゃないよ。佐倉さんから聞いたんだろ。俺の八つ当たりだって」

「……俺のせいだよ」

「違うよ、何言ってんだよ」

まゆらはムキになって否定するが、晃一は、やはり責任を感じずにはいられない。もし、自分がもっと別れ際の相手を思いやっていたら、その人は他人を傷つけるほど壊れずに済んだかもしれないのだ。

「そんなの、言い出したらキリがないよ」

落ち込む晃一を下から覗き込み、まゆらは柔らかな声で言った。

「俺は、その人自身の問題もあると思う。同じ対応をしても、受け取る側の状態で結果は変わるだろ。それに、俺の態度がもう少し優しければって……今ならそう思うし」

「まゆら……」

「あの時は、凄くしつこくされて頭に来ちゃってさ。結局、彼女の神経を逆なでするようなこと言って逆上されて……自業自得なところも、いっぱいあるんだよ。それなのに、事件の後で晃一の噂を聞いた時〝こいつのせいだ〟って責任転嫁までした」

「…………」

「噂が広まって学校は停学になるし、父親には殴られるし。おまけに、目立たないとはいえ傷も残っちゃってさ。ネットではあることないこと書かれて、近所の目から逃げるように家まで引っ越す羽目になったんだ。俺は、それを晃一のせいにして憂さを晴らそうとした」

当時のまゆらは、きっと相当に荒《すさ》んだ気持ちでいたのだろう。

晃一の知る今の彼からは想像もできないが、事件の余波の深刻さを考えれば、誰かのせいにでもしなければ乗り越えられなかったと思う。

「カフェでバイトしてたっていうのも、そこで片想いしていたっていうのも全部嘘だよ。晃一の行きつけだって情報は、佐倉さんから教えてもらったんだ。それでも……それでも最初に晃一にシャンプーを頼んだのは、俺の中で一つの賭《か》けでもあったんだよ」

まゆらは、少しだけ悲しそうに微笑《わら》った。

「シャンプーの時、晃一がもしも俺の傷に気づいたら……気づいて〝どうしたんですか〟って尋ねてきたら……そうしたら、計画に乗るのはやめるつもりだった」

「え……」

「でも、晃一は全然気がつかなかった。気づいて、気を遣って黙っていた可能性もあるかもしれないけど、そうじゃないってわかった。だって、あの日はわざとガーゼで俺の目元を隠さなかっただろ？　だから、晃一の表情がちゃんと見えていたんだ」

「…………」

「こいつ、俺のことなんか眼中にないんだ――そう思ったら、めちゃくちゃ悔しくてさぁ。なんとか振り向かせてやるって、俄然《がぜん》張り切っちゃったんだ」

「それは……それは違うよ……」

「え？」

狼狽えながら呟く言葉に、まゆらが怪訝そうな顔をする。だが、本当に誤解だった。晃一はまゆらを「好み」だと思い、惹かれる気持ちを逸らそうとして、ひたすらエンドレスにシャンプーをくり返していただけなのだから。

「あのな、まゆら。俺は……」

「いい気味だろうなって、思ったんだ。金持ちの女ばかり食い物にしてる奴が、俺にベタ惚れになった挙句、クリスマスに振られたら、当分立ち直れないだろうって」

「まゆら……」

はっきりそう言われると、なんと答えていいのかわからなくなってしまう。

だが、続くまゆらの告白に、晃一の頭は真っ白になった。

「俺、晃一が好きだよ」

「…………」

「本当だよ。この間言ったことに、一つも嘘なんか混じってないよ。俺、晃一のこと凄く好きだ。友達としてじゃないよ？　ちゃんと、恋愛として好きだ」

真っ直ぐな想いが、迷いのない唇から生まれてくる。

夜の静寂《せいじゃく》が、その声を世界で一番綺麗な音に響かせた。

「晃一が好きだ。だから、もう会えないって思ったんだ。あんたは、俺が考えていた奴と全然違ってた。俺、晃一に会えば会うほど嬉しくなって……苦しくなって。それなのに、マスターに付き合ってるって宣言してくれたりしてさ。いくら金もらってても、頼まれもしないのにあそこまでしてくれるなんて思わないじゃないか。もっと嫌な奴だったら……って、何度思ったか知れないよ。それなら、迷わないで済んだのに……」

「だからって、いきなり消えなくたっていいじゃないか。俺、すっごく探したんだぞ？」

「だって、これ以上好きになったら、俺は一体どうすればいいんだよ！」

思い余ったように、まゆらが声を荒らげる。

「晃一は、俺が金を払ったから付き合ってるだけなのに、俺だけ勝手に本気になっちゃうなんて、そんなの……そんなの、あんまり惨《みじ》めじゃないかっ」

涙目で怒鳴りながら、彼はこちらを睨みつけてきた。そうすることで、なんとか涙を零すまいとでもしているかのように。その必死な様子に毒気を抜かれ、晃一は気が付けば深々と溜め息をついていた。

「おまえ、バカだなぁ。まゆら」

他に言いようもなくて、しみじみと呟く。

それでは、晃一が口にした「好きだ」という言葉も肌に触れたことも、全て契約した故のサービスだと思っていたのだ。

「バカだなぁ、ホントに……」

「バカバカ言うなっ」

「……すげぇバカ」

言うなり小さな頭を抱き寄せて、きつくまゆらを抱き締めた。ほんの少しタイミングがズレていたら、永遠に自分の手に入らなかったかもしれない。そう考えると、今こうしていられる奇跡に晃一は深く感謝した。

「あのさ、今更のようだけど」

あらたまって尋ねるのは照れ臭かったが、やっぱりまゆらの言葉で聞きたい。

「今夜ここに来たってことは、覚悟を決めたんだって思っていいよな？」

「覚悟って……」

「俺の恋人になってくれる覚悟だよ」

「…………」

両想いだとわかっていても、返事がくるまでドキドキした。

まゆらは潤んだ瞳で笑いながら、「うん」と幸せそうに頷く。まるで一世一代のプロポーズが成功したような気分で、晃一は心の底から「やった」と叫んだ。

「……あ。まゆら、今何時だ？」

「え？」

「やばいっ、十二時一分前か！　まだ間に合うよな？」

どっぷり幸福に浸っていた晃一は、緊張した面持ちでハッと顔を上げる。慌てて携帯電話を取り出し、どこかに電話をかける様をまゆらは呆気に取られて見ていた。

「あの、晃一……？」

「クリスマスは、まだ一分ある」

電話の相手に「お願いします」と言った後、不敵に微笑んで携帯電話を終えた。何事かと面食らうまゆらは、これから何が起きるのかまったくわからない顔をしている。

「見ていろよ、まゆら」

晃一が右手を上げ、夜空に向かってゆっくりと手のひらを広げた時だった。

「――嘘……」

ちらちらと銀色に光る欠片《かけら》たちが、儚《はかな》く舞いながら降ってくる。

それはやがて無数の花弁となり、夜気を幻想的に彩り始めた。

「雪……だよね……」

「ちなみに本物だからな。ギリギリ間に合ったよ、クリスマスプレゼント」

「クリスマスプレゼント？　この雪が？　だって……」

意味がよく飲み込めずに、まゆらは不思議そうに雪を眺めている。

今夜は確かに冷えるが、降雪の天気予報は出ていなかった。けれど、降ってくるのは紛れもない本物だし、指先で触れるとしゅんと溶けていく。ロマンティックなお膳立てには違いないけれど、どうして晃一に予報できたのか、と不可解でならない様子だ。

「なぁ、晃一。これって、どういう……」

質問の最中に、ふっとまゆらの声が途切れる。

突然の雪に驚いて気づかなかったが、どこかで小さな機械音が聞こえていたからだ。

「まさか……まさか、晃一……」

「そう。スノーマシン、レンタルしたんだ。遠隔操作のできる最新型」

「ス、スノーマシンって、人工で雪を降らせるやつ……」

「だって、ホワイトクリスマスって東京じゃなかなか経験できないだろ？」

「それは……」

そうだけど、そういう問題じゃなくて。

混乱するまゆらの姿に、晃一は満足そうに微笑んだ。

「最初は当たり障りなく飯食うところとか、イルミネーションの綺麗な穴場とか、そういうの考えていたんだけど。まゆらと連絡が取れなくなって、それどころじゃなくなっちゃったからさ。そうしたら、昨日の夜に佐倉さんから真実を聞かされて……もう、これは思いきり派手にやってやろうって決めたんだ。今までの嘘や誤解、全部チャラになるくらいバカバカしくて忘れられないようなことを」

「だからって……」

「真冬の花火もいいかと思ったけど、さすがに一日じゃ手配できなくてさ。幸いスノーマシンは一般でもレンタル可能だったから、多少無理を言って用意してもらった」

「…………」

まだ整理がつかないのか、髪や肩に雪を積もらせながらまゆらは呆然としている。

だが、やがて絞り出すような声音で「でも……」と呟いた。

「こんなことしたら、凄くお金がかかるんじゃ……」

「まぁ、少しは頑張ったかな」

「そしたらダメだろ！　晃一、せっかく留学費用が貯まったって言ってたのに！」

「うん。だから……」

「え？」

些か言い難そうに語尾を濁し、けれど嘘を言っても始まらないので白状する。

「留学、ちょっとだけ先に延ばした。焦らないで、また地道に貯金するよ。NYは逃げないけど、まゆらは目を離すと逃げていくから心配だし」

「にっ、逃げたりしないよっ」

「本当か？　じゃあ、俺と一緒にNYへ行く？」

「へっ？」

突拍子もない申し出に、ポカンとまゆらが口を開けた。そこへ雪の欠片が飛び込んで、あわあわと彼は真っ赤になる。晃一は声をあげて笑い、それからもう一度訊いてみた。

「俺と一緒に行かないか？　それなら、まゆらの資金が貯まるまで待つ」

「一緒に……俺と……？」

次々と雪が舞い散る中、まゆらは夢でも見ているような顔で何度も瞬きをする。

「それって、将来もずっと一緒にいるって、そういう……」

「どうする？　約束は、クリスマスまでだったよな。再契約は、無期限にするか？」

「晃一……」

くしゃ、とまゆらの表情が崩《くず》れた。

彼が泣き出す前に両腕で温かく包み込み、晃一は彼の耳元で甘く囁く。

「どう？　百倍、感激した？」


まゆらの返事は、聞くまでもなかった。

その瞳《め》に僕は夢をみる

劇的なクリスマスを経て、都築晃一《つづきこういち》はただいま初恋を絶賛満喫中——と言いたいところだが、そう簡単に話はハッピーエンドにはならなかった。

「ごめんな、わざわざ……」

家族が誰もいないんだ、とSOSのメールをもらったのは、正式に付き合い出して二日目のことだ。晃一はバイト帰りに急いでまゆらの家へ駆けつけたが、目に飛び込んできたのは熱で紅潮した頬《ほお》と潤んだ瞳《ひとみ》の、ベッドで寝込んでいる哀れな姿だった。

「年末で忙しいのに……ホントにごめん。ちょっと、マジでしんどくて……」

「いいから寝てろって。医者には行ったか？　熱さましシートとポカリとゼリー、買ってきたぞ。あ、お粥も作ってやろうか。リンゴもあるから、剝《む》いて……」

キッチンへ向かおうとしたら、上着の裾を軽く引っ張られる。どうした、と振り返ると、布団の中からびっくりするほど大きな目で「ここにいてよ」と訴えられた。

「今、何もいらないから。……それより、風邪が移らないよう気をつけて」

「まゆら……」

「晃一の顔、見られただけで嬉しいよ」

へへ、と照れたように笑って見せるが、息も荒いししんどそうだ。もともと、彼が風邪をひいたのは晃一に責任があるので、罪悪感で余計に可哀想になった。

「わかったよ、側にいる」

ベッドの傍らに腰を下ろし、体温の上がった手をそっと握る。眠たい子どものように、その手はぐんにゃりと柔らかかった。

「悪かったな。薄着のおまえに、雪なんか降らせて」

「それ、謝るの禁止。俺は満足したんだから、それでいい。百倍……ううん、千倍は感激したよ。あんなクリスマス、そうそう経験できないだろうな」

「そうやって、来年へのハードル上げる気だろ」

軽口を返すと、違うよ、と真面目に焦っている。そんな様子も可愛いが、コートも着ないで飛び出した彼を長時間真冬の寒空に足止めし、あまつさえ雪まで経験させたのだ。風邪をひかない方が不思議なくらいだった。

あまりしゃべらせるのも気の毒なので、しばらく晃一も黙っている。できれば、このまま少し眠らせてやりたかった。本人が言うには熱が高いだけらしいが、拗《こじ》らせて肺炎を併発でもしたら一大事だ。

「……なぁ」

うとうとしているのかと思ったら、か細くまゆらが声を出した。

「晃一、今夜帰らないで」

「え、でも……」

「俺さ、姉さんと二人暮らしなんだ。でも、今日から友達と海外旅行へ行っちゃって、年越しもあっちでするって言うし」

じゃあ、「誰もいない」は「帰ってこない」という意味だったのか。そう問い返すと、「うん」と情けない顔で頷《うなず》く。そうして、ゆっくりと事情を話し始めた。

「この前話しただろ、ネットに個人情報ばら撒《ま》かれて引っ越したって。幸いほとぼりが冷めてあれから何もないけど、俺、責任感じて実家を出ようとしたんだ。そしたら、姉さんが〝高校生が何を言ってんの〟ってめちゃくちゃ怒って一緒に暮らそうって言ってくれた」

「いいお姉さんだな」

「まぁね。あの当時は、親ともぎくしゃくしちゃったから正直助かったよ。今はもう、ちゃんと親とも仲良くしてるよ？　でも、姉さんと住む方が実家より自由度は高いから」

話を聞いて、ようやく納得した。家まで訪ねたのは今日が初めてだが、ファミリータイプの間取りではないな、とは思ったのだ。以前、「姉のマンション」だと偽ったのは教子《きょうこ》の部屋だったが、こちらも部屋数は一つ多いが似たような雰囲気だった。

「まゆらのこと、ちょっとずつ知っていくの、面白いな」

「へ？　こんなの秘密でもなんでもないけど」

「そうじゃないよ。普通のまゆらを、知っていくって意味だ」

お互いに、距離を埋めていくのはこれからだ。

そう思うと、些細なことでも近づくピースになる気がして、なんとなく嬉《うれ》しかった。

「……で、〝帰らないで〟に話題を戻すけど」

「…………」

「わかったよ、今夜はここに泊まる。ソファ貸してくれるか？」

「いいの？」

晃一が承知すると、ぱっとまゆらの顔が明るくなる。本当に心細かったんだな、と苦笑して、火照《ほて》った頬にそっと手のひらを当ててみた。

「あ、晃一の手、冷たくて気持ちいいや」

「だろ？　じゃあ、安心して少し寝ろよ。その間に、家に連絡入れるから」

安堵《あんど》して目を閉じたまゆらを、しばらく無言で見守る。やがて驚くほど早く寝息が聞こえてきたので、預けていた右手を静かに戻した。見舞いに来て一時間以上が過ぎていたが、心なしか呼吸も安定してきたようだ。

良かった、と晃一も息を吐き、まゆらの部屋を出て母親へ電話をかけることにした。

留学を延期したことを両親は喜んでいるようで、年上の女性たちと付き合っていた頃よりも関係はなかなか良好だ。それだけに、友達の家に泊まるとは言い難かったが、意外にも電話口で母親はまゆらの心配をしてくれた。

「え、薄着をさせた方がいいんだ？　……足の付け根？　そんなとこも冷やすのかよ？」

発熱時の対処法を教えてもらい、休めるようなら無理に薬で熱を下げない方がいい、と言われる。熱には自浄作用の意味もあるので、体内の毒を出そうと身体《からだ》がしているのかもしれない、という意見に、なんとなく胸を衝《つ》かれる思いがした。

「きっと、凄いストレスだったんだろうな」

今年の春に傷を作って、そこからまゆらの日々は激動だったに違いない。自業自得だと彼は言うが、痕《あと》が残るほど傷つけられていいはずはないし、まして家族まで巻き込む羽目になるなんて悲劇としか言いようがなかった。

「まして、俺には嘘をついていたわけだし……」

晃一の前で、まゆらはいつも元気だった。

最初は演技だったかもしれないが、いつでも晃一を喜ばせようと明るくストレートに好意をぶつけてきてくれたのだ。その裏でどんどん自分を追い込み、罪悪感と戦ってきたのかと思うと、たまらない気持ちになった。

「勢いで一緒にＮＹへ行こう、なんて言っちゃったけど、あいつは本当にいいのかな」

ふと、新たな不安が湧いてきた。

晃一の夢にまゆらを付き合わせるわけにはいかない。そんなことは百も承知だ。だが、延期したとはいえ留学への決心は変わらないし、一方で「遠距離になっちゃうのか」と泣いた顔はどうしても忘れられなかった。一緒に行こう、という言葉がでてきたのは、晃一にとってごく自然の流れだったのだ。

「離れられないのは……俺の方なんだよな、きっと」

まだ遠いようで、未来はすぐにやってくる。

どうするのが一番いいのか、一人で考えたところで答えなど出るはずもなかった。とりあえず今は看病に専念しようと頭を切り替え、携帯をしまって溜《た》め息《いき》をつく。

まゆらが起きたら着替えさせなきゃ、と思いながら、晃一は部屋に戻った。

母親のアドバイスが功を奏したのか、翌日にはまゆらの熱は平熱まで下がった。

「晃一、今日バイトだったんだろ。休ませちゃってごめん」

食欲も出てきたらしく、夕食のお粥をたいらげた彼に剥いたリンゴを出してやる。だが、手を出すより先にしょぼんと謝られてしまった。

（なんか、俺達ってお互いに謝ってばかりだよなぁ）

そう思ったら可笑《おか》しくなり、晃一は肩を震わせて笑い出す。病人なのに気を遣いすぎなんだよ、と言ってやったが、急に笑われたまゆらは憮然としていた。

「なんだよ、人がせっかくさぁ……。晃一の留学資金、俺へのクリスマスプレゼントで使い込みさせちゃったから責任感じてるんだぞ。バイトだって一日休めば収入減るし」

「そんなの気にするなって。その分、明日から大晦日《おおみそか》の三日間は頑張って働くって若林《わかばやし》さんにも言ってあるし。それよか、おまえは実家で年越ししないのか？」

「う〜ん……面倒だし、ここに残って寝正月するよ。近いから、いつでも帰れるし」

「じゃあ、大晦日は早く上がるから、俺も夕方には帰ってくるよ」

「……え？」

「どうした？　俺、変なこと言ったか？」

晃一の言葉に、ベッドのまゆらは思い切りポカンとする。怪訝《けげん》に思って問いかけると、彼はいきなり焦ったように口を開いた。

「あ、あのさ、俺の聞き間違いか、晃一の言い間違いだと思うんだけど」

「うん？」

「〝帰ってくる〟って聞こえたから、それどういう意味なんだろうって……」

「言ったよ、帰るって。聞き間違いでも言い間違いでもない」

「えっと……」

確信が持てないのか、まゆらはかなり言い惑っている。だが、ええいと決心を固め、零《こぼ》れ落ちそうな瞳《ひとみ》を真《ま》っ直《す》ぐ見据えてきた。

「大晦日に帰ってくるの？　ここに？」

「当たり前だろ。あ、まゆらがよければ、だけど」

「よければだよ！」

「え」

「あっ、や、俺、何言ってんだろ。ええと、だから、いいよ。うん、帰って来ていいよ」

「そっか。じゃあ、決まりな。明日は家に戻るけど、大晦日はバイト先からこっちに直行するよ。せっかく二人きりなんだし、一緒に年越ししよう。あと、初詣な」

「うん！」

絶対断られないと思ってはいたが、想像以上に嬉しそうな顔を見て晃一も口許《くちもと》が緩んでくる。病み上がりに興奮させるのはまずい、とすぐに我に返ったが、まゆらの方はすでに年越しイベントで頭がいっぱいのようだった。

「まゆら、熱がまた上がるぞ。今夜はもう寝ろ。話なら、また明日にしよう」

「明日って、晃一は昼からバイトに行っちゃうじゃないか。その次に会えるのは大晦日の夜だし、今話さないと間に合わないよ。年越しそばとか、お雑煮とか、味の好みだってあるだろ？　もし作るなら、材料だって用意しとかないと。あと、初詣はどこへ行く？」

「だから、落ち着けって」

苦笑してなんとか宥《なだ》めようとしたが、まゆらはなかなか横になろうとしない。困った晃一は苦し紛《まぎ》れに「あ、そうだ。シャンプーしてやろうか」と口走ってしまった。

「え、シャンプーって……」

突拍子もない提案に、まゆらもさすがにおしゃべりを止める。それに、シャンプーと言えば彼が初めて晃一の前に現れた際、強引に頼んできた思い出があった。

『俺の髪、シャンプーしてよ。都築さん』

可愛い顔から小生意気な口を利き、こいつはなんなんだろうと面食らった。でも、あの時から晃一はまゆらに惹《ひ》かれていたのだ。甘い見かけとは裏腹に、迂闊《うかつ》に触れると噛《か》みつかれるような、不思議な緊張感に魅せられていた。

（まぁ、今は完全に甘噛《あまが》みになったけど）

ほのぼのと思考が逸れかかったが、「なぁなぁ、それ本気？」の声が現実に引き戻す。見れば、期待できらきら目を輝かせたまゆらが詰め寄ってきていた。

「晃一、俺の髪、洗ってくれるの？」

「あ、うん。おまえんち、シャンプードレッサーだったよな。熱も下がったし、昨日は汗かいただろうから、髪の毛洗えばすっきり眠れるんじゃないか？」

「おおお」

「何、ガッツポーズ取ってるんだよ。その代わり、即行で乾かしてすぐ寝ること」

予想外の展開になったが、うん、と元気よく頷かれて（まぁいいか）と思う。じゃあ支度しようか、と言うと、病人にはあるまじき素早さでまゆらがベッドから飛び出した。

洗面台の前にまゆらを立たせ、前屈みになった頭にシャワーヘッドのお湯をゆっくりかけていく。指で馴染ませながら全体を丁寧に濡らしていると、すぐに気持ち良さそうな溜め息が聞こえてきた。

「はぁ〜、晃一の指、気持ちいい……」

「なんか、いやらしい言い方だな」

「どこがだよ。いやらしいこと、全然できてないじゃん、俺たち」

半分本気、半分冗談の響きで言い返され、そうなんだよな、と考えてしまう。だが、行方をくらましたり風邪をひいたりで、エロいどころの騒ぎじゃないのは誰のせいだ、とも晃一は言いたかった。

「え〜と……次は万全の態勢で挑みたいと思うので……」

黙っていても伝わったようで、打って変わって気まずそうな声がする。晃一は思わず吹き出してしまい、手元が動いてまともにまゆらの顔をお湯が直撃してしまった。

「わっぷ」

「あ、ごめん。大丈夫か？」

「変なとこで仕返しすんなよぉ」

「悪いって。おまえが万全の態勢してくれたら、お詫びに頑張るよ」

「へ……」

「今度は、ちゃんと最後まで頑張らせていただきます」

「…………」

たちまち文句を引っ込めて、まゆらが嘘のようにおとなしくなる。返事の代わりに、耳が付け根まで真っ赤になっていた。

「……あのさ、まゆら」

手のひらでシャンプーを泡立てながら、晃一はふと「訊いてみようか」と思う。

今なら、まゆらの顔が見えないので言い難《にく》いことも口にできそうだ。そうして、向こうもそれは同じだろう。

「NYへ一緒に行こうって、あの約束……後悔してないか？」

「どうして？」

「いや、おまえはNYで何するんだって話になるし。俺、一緒にいたいだけであんなことを言っちゃったけど、もしまゆらにも将来の夢があるなら……」

「…………」

返事を待ちながら、シャンプーを始めた。指の腹で頭皮をマッサージするように、強弱をつけて洗っていく。シャボンがみるみる膨らんで、まゆらの小さな頭を包み込んだ。

「俺はさ……」

やがて、くぐもった声がポツンと呟《つぶや》かれた。

「俺は、遠距離なんか嫌だな」

「まゆら……」

「確かに、今は具体的にやりたいこととか見つけてないけどさ、それは日本にいても海外にいても同じだろ。日本じゃないとできないこと、なら話は別だけど、そうでないなら夢をみるのに場所なんかどこだっていいんだ」

「…………」

「俺、晃一と一緒にいる。それが一番、やりたいこと。そのためにNYで勉強や仕事をすることになるんなら、そこで夢を見つけるよ。俺が、二番目にやりたいことを」

いつの間にか、シャンプーをする手が止まっていた。

兄のようなメイクアップアーティストになりたい――そんな自分の夢を実現させることだけを、晃一はずっと考えてきた。付き合ってきた彼女たちも、その夢にプラスになるような相手だったし、それを悪いこととは思っていない。誰だって自分が大事だし、夢を追いかける権利がある。そんな一般論を、自分への免罪符にして生きてきた。

(でも……まゆらみたいな考え方が、世の中にはあるんだな……)

なんだか、視界がいっきに開けていく気分だった。

未来への選択肢は無限で、そこには良いも悪いもない。一番やりたいこと、を叶えるために「じゃあ、どうしようか」と工夫する、まゆらの思考は健全でシンプルだ。

「そっか……」

胸のつっかえが取れて、呼吸が楽になっている。

晃一は笑いながら、「そっか」をくり返した。

「どうでもいいけどさ、あの……晃一……」

「ん？」

「頭、寒い……」

「あっ！　ごめんっ！」

うっかりシャンプーを中断したせいで、まゆらを濡れ頭のまま放置してしまった。慌ててお湯で泡を流し、今度は「ごめん」がエンドレスになる。

来年になったら、英語の勉強とバイトだな、とまゆらが張り切った声で呟いた。

熱がぶりかえしたらどうしよう、と心配していたが、なんとか持ち堪《こた》えたようだ。

まゆらは見事に復活し、念願叶って二人で無事に年越しを迎えることができた。

「初詣、凄い人込みだったなぁ」

「晃一が晴れ着の女の子に囲まれて、俺とはぐれたくらいだもんなぁ」

「……だから、悪かったって」

帰宅するなりネチネチ嫌みを言われたが、晃一は苦笑いをするしかない。参拝帰りに帯が緩んで困っていた女の子がいたので、締め直してあげたのだ。人前でやるわけにはいかないので参道から少し離れた場所に移動し、彼女の友人たちにバリケード代わりになってもらったのでまゆらは見つけられなかったらしい。

「びっくりだよな。晴れ着の女の子が集団でさ、その真ん中からモーゼみたいに晃一が出てきてさ、隣にはまた女の子がいるし。顔赤くしてポーッとなってたよな、あの子」

「同年代の男に帯なんか締めてもらったら、そりゃ恥ずかしくて赤くなるだろ」

「何、とぼけたこと言ってるんだよ。メアド訊かれてたくせに」

「地獄耳だな……」

むうっと膨れ面のまゆらに、困ったな、と思案する。正月早々喧嘩《けんか》なんてしたくないが、人助けをしただけなのに機嫌を取るのも理不尽な気がした。

「でも、驚いた。晃一、着物の着付けまでできるのか」

「え?」

「本当に、メイクだけじゃなくて役に立ちそうなことは何でも勉強しているんだな。シャンプーもすっげぇ上手だったし、凄いよなぁ」

「着付けは……母親ができる人だから」

「そんでも、男子高校生が普通は習わないだろ。尊敬しちゃうよ」

今度は、嫌みではなかった。くるりと振り返ったまゆらは、もう笑顔になっている。言いたいことを言ったら気が済んだらしく、晃一の手をぎゅっと握ってくる。

「あーもう、外じゃ手も繋《つな》げないからヤキモキした！」

「まゆら……」

「NYだったらさ、もうちょっとオープンでも大丈夫かな。あ、俺ね、護身術も習おうかと思ってんだ。小柄だから、強盗とか狙われると怖いじゃん。そんでさ……」

「まゆら、ベッド行こうか」

「やっぱり、習うなら空手かな……って……え？」

唐突な言葉に、まゆらが絶句した。

意味が飲み込めなくて、頭の処理が追いつかない、という顔をしている。

だが、晃一は本気だった。こみ上げる衝動は抑えがたい欲望となり、彼への愛しさが溢《あふ》れ出しそうになる。組み敷いて、抱き締めて、まゆらの全部を自分のものにしたかった。

「今から、まゆらの部屋へ行こう。俺、ものすごくまゆらに触りたい」

「晃一……」

返事を聞く前に、唇をキスで塞《ふさ》いだ。

柔らかな感触がたちまち微熱を帯び、搦《から》める舌が淫《みだ》らな動きで火をつける。まゆらの全身から力が抜けていき、溢れる吐息はしっとりと艶《なま》めかしかった。

「準備……」

何もしてないいんだけど、と言外に含ませ、熱に潤んだ瞳が向けられる。けれど、理性や理屈で情熱はもう止められなかった。一刻も早く、まゆらと愛し合いたかった。

「ん……ふ……」

晃一がもう一度深く口づけると、それきりまゆらは何も言わなくなる。

互いに求め合っている、それだけで充分だった。


「あ……ァ……あっ」

湿った音が響くたび、まゆらの声に艶が滲《にじ》む。

ダメ、とうわ言のようにくり返しながら、開いた脚を閉じる力さえないようだった。

「んぅ……もう……あ……」

「もうちょっと、堪えろよ？」

「あふ……ッ……」

屹立するまゆらの分身は、痛いくらいに張り詰めている。そこに舌を這《は》わせながら、晃一は丹念に愛撫《あいぶ》を続けていた。他人のものを銜《くわ》えるなんて考えたこともなかったのに、それがまゆらの緊張をほぐすと思えば何の抵抗もない。むしろ、可愛く震える反応に、もっと深く愛してやりたくなった。

「やっ……も、こうい……ち……やぁ……」

媚《こ》びを含んだ喘《あえ》ぎは、いっそう激しい愛撫を誘う。輪郭に沿って舐《な》め上げ、螺旋を描くように舌を動かすと、びくびくと身体が幾度も震えた。

「あぁ……ふぁ……」

「まゆら、まだイくなよ」

「こ……いち、こう……いち……」

気持ちいい、と言えなくても、どこに感じているのかちゃんと伝わる。素直なまゆらに愛しさが募り、晃一はたっぷりと口と手で彼を蕩《とろ》かせた。

先走りの蜜で入り口を濡らし、指でまず違和感を馴染ませる。快感に満たされた身体は緩く開かれ、思っていたよりも楽に呑《の》み込んでくれた。

「大丈夫か？　増やすぞ？」

「……ん……」

乱れる息の下でまゆらが頷き、シーツを強く握り締める。胸を愛撫しながら更に指を含ませると、僅かに息を呑むのがわかった。

「あ……あ……」

それでも苦痛はないようで、やがて食いつかんばかりにきつく締め上げてくる。しなやかに変化していくまゆらに、晃一は感嘆の溜め息を漏らした。

充分に慣らしてからゆっくりと指を引き抜き、代わりに欲望を楔《くさび》にする。ひ、と一瞬息を止めてから、吐き出すタイミングでいっきに貫いた。

「あぁ……ッ」

ぐんと背中を反らすまゆらを、右腕で強く抱き寄せる。浮かせた腰を密着させ、慎重に抜き差しをくり返すと、動きに合わせてまゆらが身悶えた。

「やぁ……それ、もう……晃一……ッ」

「好きだよ、まゆら」

「す……きだよ、俺も……すき……」

「まゆら……っ」

「あぁあっ」

掠《かす》れるほど喘ぎ続け、泣きながらしがみつき、まゆらは晃一を受け入れる。

ぷくりと浮かんだ胸の先端に甘く噛みつき、濡れそぼる屹立を愛撫しながら、晃一も包み込まれる快感に浸っていた。

「まゆら、大好きだ」

二人の動きが激しさを増し、同時に高みへと駆け上る。

汗に濡れた肌を擦り合わせて、好きすぎて目が眩《くら》みそうだと晃一は思った。


これから自分たちの恋がどんな風に育つか、正直言ってわからない。

クリアしなきゃいけないことは山積みで、現実はいつだって夢を潰しにかかる。

でも、晃一は欠片《かけら》も不安を感じなかった。だって、自分は最強の武器を手にしたのだから。

まゆらの瞳を見れば、そこには真っ直ぐな想いが見える。

その瞳が、いつでも晃一に夢をくれる。

そう言って「気障《きざ》だったな」と照れたら、「俺もおんなじ」とまゆらが笑った。

あとがき

　こんにちは、神奈木智です。このたびは、「その瞳《め》が僕をダメにする」を読んでいただきありがとうございました。この作品はベースこそ以前に雑誌で発表したものになっていますが、全面的に大きく加筆改稿をしてあります。発表当時とは世相が違うとか、その頃の私が「遊んでる」風の男子高校生をよく書いていたとか、そういう諸々を微調整しまして、新たな物語として生まれ変わらせてみました。

　そうしたら、あらびっくり。なんだか、やけに甘いラブラブな話になってしまったではありませんか。まゆらが本当に書きやすくて、彼のパワーに引きずられた結果かな、なんて思います。とにかく、彼は喜怒哀楽全てが素直でストレート。大好きな相手には、たとえ何かで怒っていても五分と怒りが持続しません。そんな男の子に真っ直ぐ「スキスキ」言われていたら、いつの間にか満更でもなくなっちゃったよ、な晃一との組み合わせが書いていてすごく楽しかったです。二人のやり取りとか、ちょっとすれている晃一へまゆらが容赦なくツッコむところとか、読んでいる皆様にも楽しんでもらえたら嬉しいです。

　作中「シャンプーの時に目元を隠さない」というのを晃一が意地悪でやってますが、実は私が通っていた美容院がそうでした。仕方なく目を瞑《つむ》ってましたが、なんとなく居心地が悪くてもぞもぞしたものです。その後、担当の美容師さんが独立したので私もそちらの店へ移りましたが、そこではタオルで目を覆ってくれるようになったのでホッとしたり。あれ、お店の方針だったのでしょうか。それとも、私が自意識過剰なだけなのか……。私にとって美容院は堂々とボンヤリできる場所なので、こんな風にちょこちょこ小ネタを拾ってこられる有難いスポットなのでした。

それから、ついに最後まで晃一がお金を返す場面を入れられませんでしたが、ちゃんと見えないところで返してます！　と、そういうことにしといてください（笑）。でも、小学校からの貯金だとしても、五十万ってけっこう頑張ってますよね。お年玉、真面目に預金してたのかな、まゆら。ちゃらっぽく見えても、ずいぶん堅実な奴だったようです。そんな多面性を持つ恋人に晃一はすっかりめろめろなので、やっぱり遠距離はなしかな、と。二人でNYへ旅立って、なんだかんだ試練を乗り越えながら愛を深めていくことでしょう。

今回のイラストは、榊空也様です。カッコいい晃一に可愛いまゆら、まさしく理想的な二人を描いていただきました。榊様の描かれる人物は特に瞳が魅力的で、見ていると惹き込まれそうな気持ちになるのですが、まさしくタイトル通りのキャラになっていて感激です。お忙しいところ、本当にどうもありがとうございました。

また、初出時の小説ラキアの担当様、ルチル文庫の担当様、刊行にあたっていろいろ本当にお世話になりました。特にルチル文庫の担当様には、いつも根気よくご指導いただき感謝しております。これからも精一杯頑張るので、どうかよろしくお願いいたします。

そして、読んでくださった皆様もありがとうございます。寒い季節に心がほんわかしてもらえたらいいな、と願いながら書きました。どうか気に入っていただけますように。何かありましたら、感想も心からお待ちしております。お手紙やメール、お好きな形でお気軽にお寄せくださいませ。あ、編集部まで届いたお手紙も、いつも楽しく拝見しています。毎年、年賀状という形でお返事させていただいてますので、よかったら待っていてくださいね。

ではでは、またの機会にお会いいたしましょう――。

神奈木　智拝

https://twitter.com/skannagi（ツイッター）http://blog.40winks-sk.net/（ブログ）

✦初出　その瞳が僕をダメにする……小説ラキアvol.12（1999年12月）
その瞳に僕は夢をみる………書き下ろし

神奈木智先生、榊空也先生へのお便り、本作品に関するご意見、ご感想などは
〒151-0051 東京都渋谷区千駄ヶ谷 4-9-7
幻冬舎コミックス　ルチル文庫「その瞳が僕をダメにする」係まで。

幻冬舎ルチル文庫

その瞳《め》が僕をダメにする

2014年11月20日　第1刷発行

✦著者　神奈木 智　かんなぎ さとる

✦発行人　伊藤嘉彦

✦発行元　株式会社 幻冬舎コミックス
〒151-0051 東京都渋谷区千駄ヶ谷 4-9-7
電話 03(5411)6431［編集］

✦発売元　株式会社 幻冬舎
〒151-0051 東京都渋谷区千駄ヶ谷 4-9-7
電話 03(5411)6222［営業］
振替 00120-8-767643

✦印刷・製本所　中央精版印刷株式会社

✦検印廃止

ISBN978-4-344-83279-4　C0193　Printed in Japan